시원찮은 그녀(히로인)를 위한 육성방법 10

마루토 후미아키 지음
미사키 쿠레히토 일러스트
이승원 옮김

목차

\신생/ blessing software 멤버명단

프로듀서

기획, 서브 디렉터,
메인 히로인

기획, 디렉터, 시나리오

음악

원화, 그래픽 담당

프롤로그

휴일의 내 방에 스며드는 저녁노을이 에어컨의 냉기마저 달굴 정도의 열기를 전해주고 있는 7월 하순…….

“그러니까, 그러니까 말이죠……. 이게, 저희의, 최강 미소녀 게임의 합숙 스케줄이에요!”

……하지만 그런 노곤한 더위와 열기를 날려버리는 힘차고 밝으며, 상쾌한 목소리가 방 안에 울려 퍼졌다.

“출발일은 바로 방학식 다음 날! 기간은 여유 넘치는 3박 4일! 행선지는 기대와 흥분으로 가득 찬 오키나와! 서클 멤버는 기본적으로 전원 참가니까 다들 여행 준비…… 특히, 일러스트를 돋보이게 해줄 섹시한 수영복을 준비해주세요!”

“아, 저기, 이즈미 잠깐만…….”

“아, 선배도 멋지고 섹시한 비키니 팬츠 수영복을 준비해주시고요! 이벤트 소재로 쓰지는 않을 거지만, 일단 개인적인 수요가 있을 테니까요.”

"……여러 가지 의미에서 NG인 방금 발언은 일단 무시하겠어. 그것보다 나는 서클 대표인데 왜 이 합숙에 관해 지금까지 아무 이야기도 듣지 못한 거지?"

땋아서 늘어뜨린 머리카락과 애교가 느껴지는 귀여운 용모.

아담하지만 특정 부분이 매우 자기주장을 하고 있는 요염한 체구.

항상 예의가 바르지만, 좀처럼 자기 뜻을 굽히지 않으며, 내추럴하게 자신의 주장을 밀어붙이는 언동.

올해 봄에 내가 다니는 학교에 입학했고, 『blessing software』의 에이스 원화가로서 군림하고 있는 순종적인 후배 히로인이자, 미묘하게 소꿉친구 속성도 지닌 여자애.

토요가사키 학원 1학년 C반, 하시마 이즈미.

"오키나와! 좋아! 류큐[#1] 요리, 그리고 류큐 음악! 류~진 류~진 마○~야~♪"

"류큐 음악적으로도 저작권적으로도 미묘한 소리 좀 하지 말라고, 미치루……."

기타를 치며 그런 소리를 한 사람은 독특한 쇼트 헤어를 흔들면서 웃고 있는 활발 타입 미소녀.

"에메랄드블루빛깔 바다에 비친 노란 태양! 수영도 하고, 잠수도 하고, 선탠도 해야지~. 완전 나를 위한 합숙이네!"

"물러터진 소리 하지 마, 미치루……. 오키나와는 말이지.

#1 류큐(琉球) 오키나와의 옛 명칭.

반시뱀 로드에게 습격을 당해 잡아먹히려던 순간에 정의의 몽구스가 구출해주는, 그야말로 생존 능력이 필요한 결전의 땅이라고!"

"……내가 아는 오키나와와는 전혀 다르네."

이즈미와 비교할 것도 없이 여자치고는 상당히 큰 키와 스포티한 체형.

그 어떤 상대에게도 지나칠 정도로 거리낌 없는 태도를 취하며 전혀 주눅이 들지 않는, 그야말로 내추럴하게 제로 거리인 언동.

인근 현의 여고에 다니며 『blessing software』의 메인 음악가로 군림하고 있는 나태 타입 사촌 히로인이자, 소꿉친구 속성도 명확하게 지닌 여자애.

츠바키 여자 고등학교 3학년 4반, 효도 미치루.

"그리고 비행기 비용은 어떻게 할 건데? 그리고 호텔비는? 한여름의 오키나와는 그야말로 리조트 파라다이스라고. 이제 와서 예약을 할 수 있겠어?"

"그런 건 서클(토모) 대표가 알아서 해주겠지~."

"이, 이 녀석……."

이 무사태평(미치루) 아가씨의 무책임하기 그지없는 다 떠넘기기 발언(반주 포함)을 듣고 내가 머리를 감싸 쥐려고 한 순간…….

"저, 저기, 실은 다섯 명의 비행기 자리와 호텔 방은 확보할 수 있어요! 그것도 엄청 싸게요!"

"이즈미?"

이 기획을 제안한 이가 뜻밖의 진실을 고백했다.

"죄송해요. 미리 말했어야 했는데……. 실은 반 친구와 가기로 했던 오키나와 여행이 취소됐어요. 예약은 이미 다 해뒀는데 말이에요."

"어, 어쩌다…… 그렇게 된 거야?"

「친구들끼리 오키나와 여행? 이즈미, 너 대체 어느새 그런 리얼충스러운 사교성을 갖춘 거야?!」라는 말을 필사적으로 집어삼킨 후, 나는 그녀의 눈을 쳐다보며 온화한 목소리로 물었다.

"아, 그, 그게……."

"그게 말이지, 토모야 군. 실은 이즈미와 같이 여행을 가기로 했던 친구 중 한 명이 절친에게 남친을 빼앗겼는데, 그 절친 또한 같이 여행을 가기로 한 친구였다는 지옥도가 이틀 전에 펼쳐졌지 뭐야……. 아하하하하."

"오빠, 멋대로 폭로하지 말아줄래?!"

"이즈미, 너 대체 왜 그런 리얼충스러운 다각관계에 휘말린 거야?!"

하지만 내 질문에 답해준 사람은 리얼충스러운 사교성을 짜증 날 정도로 갖춘, 짜증 날 정도로 경박한 남자였다.

"저, 저는 당사자가 아니에요! 명백한 피해자라고요~! 저는 오빠 같은 사람이 아니란 말이에요!"

"하하, 나 같았으면 면식이 있는 여자애들한테 양다리를 걸치지는 않았을 거야. 뭐, 절친인 두 여자애를 다 건드려서 수라장을 만든 후, 그걸 즐기는 진짜 쓰레기가 이 세상에 존재한다는 건 알아. 하지만 내 취향은……."

"아~. 이제 됐어."

나는 일부 캐릭터(ㅇㅇ군은 아무 잘못 없어!) 비판을 초래할 듯한, 묘한 긍지를 지닌 갈색 파마머리 미남 자식의 괜한 소리를 한 귀로 듣고 한 귀로 흘렸다.

또래 평균 신장보다 큰 키와 군살이 없는 날씬한 몸매.

그 어떤 사람도 미심쩍기 그지없는 태도로 대하며, 그러는데도(일부 제외) 여자들에게 엄청 인기가 좋은, 내추럴하게 페미니스트한 언동.

도내에 있는 고등학교에 다니며, 『blessing software』를 프로듀서 겸 디렉터로서 통괄하고 있는, 사기꾼 타입 절친 캐릭터이자 미묘하게 오빠 속성도 지닌 남자.

코요다이 고등학교 3학년 5반, 하시마 이오리.

"……저기, 토모야 군. 나를 절친으로 인정한다면, 매번(매권) 내가 다니는 고등학교 이름을 틀리지 말았으면 좋겠는데 말이야."

"틀린 적 없거든? 한 번도 입에 담은 적 없다고!"

……본인의 요청에 따라 『오료 고등학교 3학년 2반, 하시마 이오리』로 다시 소개하도록 하겠습니다.

"아, 아무튼 말이죠. 오키나와로 합숙을 떠나는 거예요! 엄청 싸게 갈 수 있으니 완전 이득이에요! 엄청난 기회라고요!"

"으음, 아무리 싸다고 해도 오키나와는 좀……. 서클의 예산을 생각해보면……."

『이런 문제 있는 여행 상품은 사양하고 싶거든?!』이라는 본능적인 거부 반응을 그대로 입에 담는 것은 좀 그랬기에, 나는 일단 고등학생답게 금전적인 이유를 거론해 이 위기에서 벗어나려 했다.

"하, 하지만, 전작인 『cherry blessing』 때도 수영복 이벤트의 로케이션 헌팅이라는 명목으로 고급 호텔의 풀장에 갔었잖아요!"

"이, 이즈미, 그건……?!"

하지만 이즈미는 포기하지도, 물러서지도, 겁먹지도 않으며 필사적으로 물고 늘어졌다.

애니 제2기 스포일러

그렇다. 서클의 과거 비밀까지 언급하면서 말이다…….

"저기~, 토모. 제삼자로서 한마디 하자면, 그냥 하시마 양의 정열을 높이 사며 그녀가 하자는 대로 하는 게 어떨까~?"

"미, 미치루……."

그러자 선의의 제삼자로 가장한 당사자가 자기 욕심을 채우기 위해 엄호 사격을 시작했다.

"그림을 그릴 사람은 어디까지나 하시마 양이잖아? 즉, 하시마 양이 필요하다고 한다면 그건 필요한 게 아닐까? 크리뭐시기의 마스터베이션에 영향을 끼칠 거라구."

"그, 그건 그렇지만……."

하지만 그 주장은 옳기 때문에 딱 잘라 부정을 할 수 없었다. 결국 나는 서클 통장의 잔고를 떠올리면서 인상을 찡그려야만 했다.

하지만 모 선배가 지금보다 더 상스러워지면 입에 담을 듯한 그 발언에 대해서는 한마디 해야겠다. 크리워시기의 마스터베이션이 아니라, 크리에이터의 모티베이션이라고.

"여자애가 이렇게까지 말하는데 들어주지 못한다면, 남자로서 문제가 있다고 생각할 수밖에 없어. 그냥 화끈하게 쏘란 말이야~."

"그렇다고 화끈하게 옷을 벗어 던지려고 하지 말라고!"

뭐, 복부의 새하얀 속살을 아낌없이 드러내고 있는 이 녀석에게는 어찌 보면 어울리는 발언일지도 모르지만 말이다.

"선배, 진짜로 이득이에요! 오키나와 3박 4일 여행이 바로 ●●만 ●천 ●백 엔! 게다가 이게 1인당 가격이 아니에요. 5인분, 즉, 다섯 명에 겨우 ●●만, ●천, ●백 엔밖에 안 한다고요!"

이즈미는 새된 목소리로 그렇게 말했다.

"이 성수기에 오키나와 여행을 하는데 비용이 그것밖에 안 드는 거야?! 하시마 양, 말도 안 돼~. 너무 싸잖아~."

그리고 미치루의 말투에서도 연기하는 티가 팍팍 났다.

참고로 이오리가 흘린 한숨이 왠지 스튜디오에 있는 방청

객의 함성 소리처럼 느껴졌다.

"하, 하지만…… ●●만 ●천 ●백 엔……."

확실히 전작의 수익을 투입한다면 서클 합숙의 개최는 가능할 것이다.

하지만 비용의 자릿수가 나를 주저하게 만들었다.

"선착순 5인 일행 딱 한 팀에게만 제공됩니다!"

"아~, 순식간에 팔리겠네~. 틀림없어~."

"으, 으음……."

그런 나의 망설임을 간파한 것처럼, 스튜디오의…… 아니, 눈앞에 있는 두 사람이 결단을 강요했다.

"저기~, 선배~."

"저기~, 토모~."

"으, 으으……."

그렇다. 눈앞에 있던 두 사람이 코앞에 있는 두 사람으로 변하더니, 엄청난 볼륨으로 나를 압박했다.

아, 신체 일부의 볼륨을 말하는 게 아니라 음성 볼륨을 말하는 것이다.

"오키나와에 가요……. 히로인의 수영복을 마음껏 구경할 수 있을 거예요~."

"아~, 좋은 일이 일어날 것 같은 예감이 들어~. 수영복 구경만으로 끝나지는 않을지도 몰라~."

"으, 으, 으으……."

결국 내가 광고 문구에 낚여서 화면 하단에 적힌 전화번호를 누르려고 한 순간…….

"아. 미안해, 이즈미 양. 오키나와 투어는 못 하게 됐어."

이 공간을 꽁꽁 얼어붙게…… 만드는 게 아니라, 그저 무미건조한 파동이 방 안을 뒤덮었다.

그 목소리의 주인은 방의 중심에 있는 우리에게서 조금 떨어진 곳, 즉 방구석에서 스마트폰을 만지작거리며 지금까지 존재 그 자체를 감추고 있었다.

"카, 메구미……?"

"메, 메구미 씨……?"

"카토……?"

"……."

하지만 이 멍한 목소리가 울려 퍼진 순간, 방 안이 그녀의 새까만…… 아니, 사악한…… 아니, 부담스러운…… 아니, 강렬한 존재감으로 가득 찼다.

……아~, 죄송해요. 방금 표현은 좀 과장됐네요.

평범한 쇼트 보브 헤어스타일과, 『평범하게 귀엽다』라는 표현이 자연스럽게 입에서 튀어나올 만큼, 평범하게 귀여운 외모.

몸집이 작지도 크지도 않고, 말랐거나 볼륨감 있지도 않으며, 모든 것이 조화를 이루고 있는 체형.

자신을 너무 낮추거나 지나치게 고압적이지도 않고, 담백한 어조 안에 담겨 있는 압도적인 결정권.

재작년 봄부터 나와 같은 학교에 다니고, 『blessing software』에 단둘밖에 없는 창립 멤버이자 최강의 말단 직원으로서 서클을 지배하고 있는, 『투명한 물에 먹물이 한 방울씩 떨어지며 서서히 검은색으로 물들어간다』 같은 설명하기 어려운 속성에 눈뜨고 있는 여자애.

토요가사키 학원 3학년 A반, 카토 메구미.

아, 참고로 우리가 지금 만들려하는 신작 게임 『시원찮은 그녀(히로인)를 위한 육성방법(가제)』의 메인 히로인이기도 하다.

"어, 어어어어어, 어째서죠?! 메구미 씨!"

그런 카토…… 아~, 아니, 어험…… 메구미, 가, 느닷없이 찬물을 끼얹자 이즈미는 살짝 겁을 먹었다. 하지만 최종적으로는 포기하지도 물러서지도 겁먹지도 않으며, 내가 아니라 메구미를 타깃으로 삼았다.

"실은 방금 서클 합숙의 참가 희망자가 여섯 명으로 늘어났어."

그리고 카토……가 아니라 메구미는 이즈미의 사심으로 가득한 뜨거운 호소를 가볍게 받아넘기며 그렇게 말했다.

……방금 한 말속에 그냥 흘려 넘길 수 없는 내용을 담으

면서 말이다.

"여, 여섯 명……으로, 늘어났다고요?"

"응. 너희가 합숙 이야기를 하는 동안, 나는 심심풀이 삼아 에리리와 LINE으로 이야기를 나누고 있었는데……."

"무슨 짓을 한 거예요?! 대체 무슨 짓을 한 거냐고요, 메구미 씨!"

그렇다. 그녀가 언급한 이는 예전에 우리 서클에 소속되어 있었지만 지금은 탈퇴했으며, 또한 이즈미와는 악연으로 얽힌 철천지원수이자 숙적 관계다. 게다가 얼마 전까지는 메구미와도 절교 상태였지만, 얼마 전에 겨우 화해한(자세한 내용이 알고 싶으면 GS 2권을 읽어주세요), 우리와 많은 인연으로 얽힌 상대다.

아무튼 나중에 자세하게 소개하겠지만, 그녀는 토요가사키 학원 3학년 F반, 사와무라 스펜서 에리리다.

"메, 메메메메메, 메구미 씨, 왜 그 여자에게 이야기한 거예요?!"

"응~? 히로인의 수영복 이벤트를 위한 로케이션 헌팅이라며? 그럼 에리리에게 이야기를 안 할 수야 없잖아."

뭐, 메구미의 주장에는 일리가 있었다.

우리가 만드는 신작 게임 『시원찮은 히로인을 위한 육성방법(가제)』은 현재 내가 담당하는 시나리오 작업이 한창 진행 중이다. 그리고 얼마 전에 최초로 완성된 시나리오의 히로인이 바로 사와무라 스펜서 에리리(가명)이라는 이름이었던 것이다.

즉, 하고 싶은 말이 뭐냐면, 수영복 이벤트의 로케이션 헌팅을 할 거라면 그 히로인의 밑바탕이 된 에리리가 수영복을 입고 모델이 되어주는 것이 완전히, 당연히, 필연적인 흐름이라는 것이 자명한 이치…….

"속으면 안 돼요! 사와무라 선배는 토모야 선배와 메구미 씨를 버리고 코사카 아카네에게 간 배신자! 자신이 인기를 얻자마자 지금까지 자신을 뒷바라지해준 연인을 버리고 유명 탤런트와 사귀는 인간 말종 연예인 같은 사람이에요!"

뭐, 이즈미의 주장도 엄청 감정적이고 인터넷 유언비어 같지만, 틀린 말은 아니라고나 할까, 비교적 올바른 주장이다.

"……으음, 방금 그 발언에 대한 에리리의 코멘트는 바로 이러해."

그리고 그 정론에 맞서는 것이 귀찮아진 듯한 메구미는 자신의 스마트폰을 이즈미를 향해 내밀더니, LINE 대화 내용을 보여줬다.

그러자 에리리한테서 온『나는 서클 대표와 부대표에게 부탁하고 있는 거야. 일개 스태프인 네 의견 같은 건 물어본 적 없으니까 입 다물고 있어!』라는 도발적인 문구가 눈에 들어왔다.

……어이, 메구미. 이즈미의 방금 발언을 있는 그대로 전하면 어떻게 해.

“아아아아아앗! 뭐 이딴 태도와 발언이 다 있죠?! 디자인을 하는 사람이 저라는 걸 알면서 이딴 소리를 하는 거예요?! 과감하게 모델에게 충실한 체형으로 그려서 『이런 절벽 가슴 캐릭터를 미소녀 게임에 넣으면 어떻게 해.』 같은 소리를 듣게 되어도 괜찮아요?”

“……자, 에리리한테서 답장이 왔어.”

이번에 메구미가 보여준 화면에는 분노에 사로잡힌 채 키보드를 아무렇게나 두들겼는지 내용을 판독할 수 없는 문자와 기호가 나열되어 있었다. 상대방이 얼마나 화났는지 확연하게 느껴졌다.

하아, 또 싸움이 시작됐…… 아, 이런 걸 사이버 전쟁이라고 하는 걸까?

“토, 토모야 선배는 괜찮은 거예요? 저희가 차곡차곡 준비한 합숙이 완전히 박살 날 위기에 처했다고요~.”

“저기, 나는 30분 전에 이 이야기를 처음 들었거든?”

“그것보다! 서클 대표답게 단호하게 한마디 해주세요. 『이 서클에 네가 있을 자리는 없다.』, 『외부인은 찌그러져 있어.』, 『무릎 꿇고 싹싹 빌면 한번 생각해주지.』 하고 딱 잘라서…….”

“죄송하지만 그런 소리를 했다간 그 녀석이 교실에서 나를 완전히 무시해버릴 테니까 좀 봐주세요.”

“아아아아, 약해요. 선배는 너무 약해빠졌어요……. 사와무라 선배의 불합리한 억지에 저희는 이렇게 일방적으로 유린당하기만 해야 하는 건가요?"

「어이, 전혀 일방적이지 않거든? 적어도 말싸움으로는 네가 일방적으로 우위에 서 있다고.」 하고 이즈미를 격려(?)해 줄까도 했지만, 나는 이 싸움에 참전하고 싶지 않았기에 그냥 흘려 넘겼다.

"어쩔 수 없네……. 그럼 백 보, 아니 백조(百兆) 보 양보해서 이번에는 오빠가 빠지기로 하고…… 자아, 이걸로 『다섯 명이서 오키나와 합숙』이 가능해졌어요!"

이즈미는 분노가 약간 수그러든 표정을 짓더니, 한숨을 내쉬면서 차선책을 제안했다.

"……아~, 으음~, 이즈미. 너는 대체 이 서클의 누구에게 영향을 받아서 나를 이렇게 함부로 대하는 거니?"

……유일한 육친을 주저 없이 산 제물로 바치고 말이다.

하지만…….

"아~. 저기, 하시마 양. 미안한데 방금 한 명 더 늘어났어……."

"미치루 씨이이잇?!"

이즈미가 뼈를 깎는 심정으로 속전속결로 내린 결단을 무효화시키는, 새로운 참가 표명 발언이 들려왔다.

"아, 사와무라가 참가하기로 했으니 카스미가오카 선배에게도 메일을 보내봤는데, 바로 전화가 왔거든……."

그리고 그 발언은 어느새 스마트폰으로 통화를 하고 있던 미치루의 입에서 흘러나왔다.

"아아아아앗! 더 골치 아프게 됐네~!"

한편, 미치루가 입에 담은 『카스미가오카 선배』라는 사람은 아니나 다를까…… 라는 표현을 쓸 필요는 없으려나. 아무튼 우리 서클에 소속되어 있었지만 탈퇴했고, 내가 존경하는 천재 작가이자 숭배하는 스승이며, 또한 탈퇴 시점에 이런저런 일이 있었던, 우리와 많은 인연으로 얽힌 상대인 것이다.

에리리와 마찬가지로 나중에 자세하게 소개하겠지만, 그녀는 소오 대학 문학부 1학년, 카스미가오카 우타하다.

"자, 잠깐만요……. 그 사람은 게임의 모델조차 아니잖아요!"

"아, 잠깐만 있어봐. 으음~ 「문제 될 건 없어. 윤리 군이 나도 히로인으로 승격시켜주면 되니까 말이야.」라는데?"

"우타하 선배?!"

"아아아앗, OB가 작품 내용에도 간섭하기 시작했어~?!"

참고로 우타하 선배는 미치루의 스마트폰 너머에서, 미치루의 입을 통해, 우리의 미팅에 당연한 듯이 참가하고 있었다.

"으음~ 「윤리 군의 초기 플롯에는 연상 흑발 롱헤어 히로인이 있었으니 아무 문제 없어. 게다가 절벽 가슴 캐릭터와 달리 19금 이식에도 대응할 수 있으니 여러모로 쓸모가 많을걸?」이래."

……또한 이 자리에 있는 이들 중에서 이렇게 골 때리는 음담패설을 아무렇지 않게 입에 담을 수 있는 인물은 미치루뿐이니 대리인 선정 또한 절묘하기 그지없었다.

"아, 에리리한테서 답장이 왔어."

"메구미, 너도 괜한 메시지를 그 녀석한테 보내지 마!"

참고로 메구미의 스마트폰 화면에 표시된『뭐, 뭐뭐뭐뭐뭐뭐…… 카스미가오카 우타하!』라는 코멘트는 읽은 이들의 머릿속에서 꽁지 내린 강아지 보이스로 멋지게 변환되어 재생되었다.

제1장

이 폭탄을 이제 와서 써먹게 될 줄은 나도 몰랐어.

그곳은 아침부터 수많은 사람들로 붐볐다.

캐리어 가방을 끌면서 환승할 플랫폼을 찾는 사람.

양복 차림으로 서둘러 걸음을 옮기는 사람.

밤샘을 하고 이제야 집으로 돌아가는지 하품을 하며 개찰구를 통과하는 사람.

그런 수많은 이들이 일본의 중심지인 이곳에 모여 있었다.

도쿄 역, 도카이도 신칸센 탑승장…….

학생들에게 있어 여름 방학 첫날인 오늘, 이곳은 평소와 다름없이 사람들로 붐비고 있었다.

……그리고 이 정경 묘사를 어디선가 본 듯한(몇 권에서 복사한 것인지 눈치챈) 사람도, 너무 신경 쓰지 말고 그냥 넘어가 주시면 감사하겠습니다.

"아~. 저거야. 코다마×××호……. 모든 칸이 자유석이니까 빨리 줄 서자~."

이른 아침부터 나태와 활기가 이율배반을 일으킨 듯한 미치루의 큰 목소리가 신칸센 플랫폼의 소음에 지지 않으려는 것처럼 주위에 울려 퍼졌다.

그런 그녀의 목소리를 뒤쫓듯 계단을 올라가 보니, 플랫폼에는 우리가 탈 차량이 서 있었다.

하지만 도카이도 신칸센의 명물인 익스트림 차량 청소가 끝나지 않은 것 같았다. 유리 너머로 보이는 차량 안에서는 이 세상에서 가장 효율적이며 빠른 동작을 과시하는 아주머니들이 순식간에 좌석의 커버를 교체하고 있었다.

"저기~ 토모. 끄트머리도 괜찮지~? 내가 먼저 가서 줄 설게~."

"빈자리 많으니까 뛰지 마!"

"……으음, 방금 그 말은 1호 차 가장 앞자리를 가리키는 거지?"

『바○와 철도 마니아는 선두 차량에 타고 싶어 한다』는 격언대로, 미치루는 우리를 두고 플랫폼 끝을 향해 나아갔다.

그러자 이 자리에는 미치루와 비슷한 양의 짐을 들고 있는데도, 그 짐의 무게에 휘둘리느라 그녀를 따라잡지 못하는 세 사람만이 있었다.

나와, 메구미, 그리고…….

"흑흑…… 원래면 오키나와에 갔을 텐데……. 지금쯤 하네다에 있어야 하는데……."

따뜻한 남쪽 섬에 간다는 꿈이 무너진 바람에 깊은 마음의 상처를 입고 만 이즈미였다.

참고로 이오리는 누구누구(메구미와 사이가 나쁘기 때문에) 씨를 배려해 우리와 조금 떨어져서 따라오고 있었다.

"……이즈미 양, 이제 그만 포기해."

"그, 그래! 비용은 전부 환불받았다며? 그것만으로도 충분히 만만세잖아!"

……뭐, 오키나와 여행을 오랫동안 고대했을 테니 좀 동정이 되기는 하지만, 될 수 있으면 원망은 절친의 애인을 빼앗아간 반 친구에게 해줬으면 한다.

"뭐, 어쩔 수 없다는 건 알아요. 이 숫자로 오키나와 여행을 가는 게 예산적으로 어렵다는 것도 알고요……. 느닷없이 끼어드는 게스트에, 당연하다는 듯이 참가 의사를 밝히는 외부인, 그리고 저희의 즐거운 합숙을 망치려 드는 방해꾼 등이 셀 수도 없을 만큼 많지만요……."

"……이즈미 양, 그거 전부 한 사람 맞지?"

"그, 그, 그래도 최종적으로는 남쪽 섬 분위기를 만끽할 수 있는 인근 리조트에라도 가게 됐으니 그나마 다행이잖아!"

"뭐가 다행이라는 거예요! 남쪽 섬 분위기를 만끽할 수 있는 인근 리조트라는 게 어째서 아타가와 바나나악어 공원인 건데요?!"

"어~, 바나나악어 공원이 싫은 거야~?"

그리고 꿈이 산산이 부서지고 만 이즈미는 여전히 비탄에 젖어 있었으며, 결국 이번에 가기로 한 여행지인 아타○와 온천마저도 비난하기 시작했다.

아, 정확하게는 그곳을 합숙지로 잡은 나를 비난하는 걸지도 모른다.

"하지만 토모야 군이 고른 다른 후보지는 이즈 선인장 공원이었잖아, 이즈미 양. 거기보다는 그나마 낫지 않을까?"

"모르겠어요. 저한테는 그게 그거란 말이에요……."

"그러니까, 선○장 공원은 남쪽 섬이 아니라 남미 느낌이라고……."

뭐, 둘 다 이○ 지방에 있으니, 지금 당장 후보지로 부활시키는 것도 가능하지만 말이다.

"어이, 이즈미…… 아타카와 바나나악어 공원을 얕보면 곤란하다고……."

"토모야 선배……?"

아무튼, 나는 여전히 모티베이션이 바닥을 치고 있는 이즈미의 눈을 똑바로 쳐다보면서 진지한 목소리로 말했다.

"시설 명칭에 걸맞게, 풍부하기 그지없는 악어 숫자와 종류! 그리고 왜 이렇게 대량으로 서식하고 있는 것인지 의문이 들 정도로 많은 너구리판다! 식물원에 가보면 바나나뿐만 아니라 풍부한 열대성 식물을 즐길 수 있는 온실이 잔뜩 있어! 그야말로 ○즈의 남쪽 섬이라고 해도 과언이 아냐! 이즈미도 그렇게 생각하지? 그렇지?!"

그리고 내가 흥미로운 정보를 전해주자, 이즈미와 메구미의 눈이 내 언령(言靈)에 매료되기 시작했다.

"자! 나와 함께 바나나악어 공원의 과일 음료 카페에서 파파야를 즐긴 다음, 선물 삼아 드라이 망고와 코코넛 칩스를 사서 돌아오자고!"

"아, 으, 으음……."

"그것보다 토모야 군은 어째서 그렇게 잘 아는 거야?"

……내 언령에 매료된 줄 알았더니, 두 사람의 반응이 영 미묘했다.

냄새가 지독하기로 유명한 두리안이 있다는 걸 은폐하고 있는데 말이다.

"이즈미, 잘 부탁해! 이번 로케이션 헌팅 합숙에 있어 최적의 장소는 분명 이 아○가와 온천이야! 해변도 가깝잖아!"

"오키나와와 유사한 점이라고는 해변이 가깝다는 것뿐이네."

"흐흑……."

내가 영혼을 담아 이즈미를 설득하고 있을 때, 어찌 된 영문인지 메구미가 신랄한 태클을 걸었다.

하지만 나는 물러설 수 없다.

왜냐하면, 나는 여름 방학 첫날부터의 3박 여행을 급하게 준비해야 했던 것이다.

인근 관광지의 숙박 시설을 확보하는 것도 정말 고생했다.

구체적으로 설명하자면, 메구미의 형부(여행 대리점 근무)에게 고개를 숙여가며 겨우겨우 예약을 잡았다. 결국 메구미의 친척 모두에게 『무계획적이고, 무책임하며, 사사건건 메구미에게 의지하려고만 하는 얼간이 애인』이라는 오해를 받게 된다는 정신적 고생을…….

"어~머. 로케이션 헌팅 장소가 자기가 희망한 곳이 아니라서 그림을 못 그리겠다니, 원화가로서의 능력에 문제가 있는 것 아냐? 하시마 이즈미 양."

"뭐……?"

내가 이즈미를 설득하느라 온갖 고생을 하고 있을 때…….

등 뒤에서 어쩐지 그리운…… 느낌은 거의 들지 않는, 교실에서 항상 듣는 목소리가 들려왔다.

"에리리……."

"토모야, 메구미. 아직 집합 시간이 안 됐지?"

"맞아. 에리리는 약속 시간만큼은 항상 잘 지키네."

"메구미, 약속 시간**만** 잘 지킨다는 말은 좀 너무하지 않아? 아하하."

고개를 돌린 내 눈에 들어온 것은, 일본인답지 않게 눈부신 금발 트윈 테일과 새하얀 피부.

그리고 조그마한 체구와 몸 곳곳 또한 간결한, 서양인답지 않은 체격.

상대방에게 도발적이고, 마찰도 개의치 않는, 자연스러운 시비조의 언동.

올해 봄에 『blessing software』를 관뒀고, 지금은 거대 컨슈머 메이커에서 대작 RPG의 캐릭터 디자인을 담당하고 있는 신진기예 일러스트레이터, 카시와기 에리.

토요가사키 학원 3학년 F반, 사와무라 스펜서 에리리.

"사와무라 선배, 능력에 문제가 있다는 게 무슨 소리죠……?"

그리고 에리리의 도발적인 언동을 동업자인 이즈미가 간과할 수 있을 리가 없었다…….

오늘도 최근 1년 동안 익숙해진 광경이 또 펼쳐질 것이다.

하지만…….

"경치, 날씨, 시간…… 이미지대로 되지 않는 건 얼마든지 있어. 그 점을 자신의 상상력으로 메우며, 최소한의 리소스로 최대한의 효과를 낼 수 있어야 진정으로「쓸모 있는 일러스트레이터」가 아닐까?"

"그건 이상론이에요. 올바른 정경(情景)을 자신의 눈에 새겨둬야만, 자신감을 가지고 그림을 그릴 수 있단 말이에요."

"그래? 자신의 머릿속이 현실을 뛰어넘어야만, 그림을 그리는 즐거움과 상상을 뛰어넘는 놀라움을 만끽할 수 있지 않을까? 사진처럼 본 것을 충실하게 재현하기만 해서야 상상을 뛰어넘는 놀라움이나 기쁨을 자아낼 수는 없다고 보는데?"

"그런 건 선택받은 사람만이 할 수 있어요……. 저는 카시와기 에리가 아니에요. 그런 걸 할 수 없는 저 같은 사람이 이 세상에는 훨씬 많아요."

"그저 선택받기 위한 노력을 게을리했을 뿐인 건 아닐까?"

"어……."

"우리 같은 인종은 누구나, 그 누구에게도, 지고 싶지 않잖아?"

"그, 그건, 저기……."

"뭐, 이런 소리를 하는 나 또한 아직 그 경지에는 이르지 못했지만 말이야. 아하하."

"사와무라 선배……."

"어, 어어……?"

"우와……."

방금 이즈미가 보는 앞에서 상냥하면서도 쓰디쓴 미소를 머금은 에리리는, 왠지 우리가 아는 에리리와 조금 달랐다.

아니, 며칠 전에 LINE을 경유해 꽁지 내린 강아지같은 소리를 했던 에리리와도 달라 보였다.

"그래서 이 합숙 사실은 기대하고 있었어…… 아직 미숙한 원화가 동료로서 실력을 올릴 수 있는 절호의 기회라고 생각해서."

"저, 저기…… 으음, 저, 정말인가요……?"

뭐가 어떻게 된 거지. 에리리가, 왠지 멋져 보이잖아……?

"응. 사실이야. 너와 이런 이야기도 하고 싶고, 네가 어떤 식으로 그림을 그리는지도 보고 싶어."

내 눈앞에 있는 에리리는, 우리 서클에 있던 시절의, 실력에 비해 자신감이 없고, 값싼 자존심에 지배당하며, 툭하면 상대방을 물어뜯으려 하던, 그 에리리가 아니었다.

"분명 네 그림을 보며 안달복달하겠지만, 또 다투겠지만…… 괜찮다면 나한테 어울려주지 않겠어?"

"아, 예!"

그렇다. 지금의 에리리는 실력에 걸맞은 자신감을 지니고, 자존심과 잘 어울리는 방법을 익혔으며, 실력과 겸허함을 겸비한 어엿한 크리에이터였다.

나는 멋지게 성장한 에리리를 보면서, 믿음직함과 함께 일말의 쓸쓸함을…….

"그래. 그건 좋은 경향이야, 사와무라 양."

"앗……?!"

"꺄앗?!"

……느낀 순간, 그 목소리와, 그 감촉이, 느닷없이, 내 등 뒤에서, 내 팔뚝 언저리에 전해졌다.

"이번 합숙은 사와무라 양이 라이벌인 하시마 양과 창작에 관해 이야기를 나눌 절호의 기회야. 합숙 동안에는 아침부터 밤까지 쉬지 않고 논의에 열중해줬으면 좋겠네."

"너, 너, 카, 카, 카카카카……."

"우, 우우우우햐햐햐햐햐햐……."

그렇다. 그것은 깊은 어둠 속에 따뜻한 상냥함이 감도는 듯한, 복잡하면서도 풍부한 음색과…….

무심코 목에서 괴상한 소리가 흘러나올 듯한 부드러운 감촉이…….

"사와무라 양은 겨우 화해한 카토 양과 더욱 깊은 우정을 쌓을 기회네. 둘이서 바다에서 헤엄도 치고, 목욕도 하며, 아침까지 여자들만의 시간을 즐기도록 해."

"뭐, 뭐, 뭐뭐뭐뭐뭐뭐뭐뭐뭐……."

"가, 가깝고, 강렬하고, 부드러워!"

돌아보지 않아도 그곳에 있다는 것을 알 수 있는, 빨려들 것만 같은 칠흑빛을 띤 긴 머리카락.

내 오른팔에 닿아 있는, 부드럽기 그지없으면서 볼륨감 또한 넘치는 가슴…… 아니, 체격.

상대방에 따라 성격이 바뀌는 매우 유연한 언동.

올해 봄부터 『blessing software』를 관뒀고, 지금은 거대 컨슈머 메이커에서 대작 RPG의 시나리오를 담당하고 있는, 미소녀 라이트노벨 작가이자 게임 시나리오라이터, 카스미 우타코.

"나는 그 사이에 윤리 군과 뜨거운 모래사장에서 이야기를 나누고, 저녁노을이 드리워진 해변을 나란히 걷고, 한밤중에 노천 온천에서 함께 별을 올려다보고, 아침에는 한이불 안에서 「좋은 아침」 하고 인사를 나눌게. 아아, 기대돼. 빨리 온천 여관에 도착했으면 좋겠어."

"카스미가오카 우타하아아아아아아아아아아~!"

"우타하 선배~?!"

소오 대학 문학부 1학년, 카스미가오카 우타하.

"너, 너, 너, 너어어어어~! 뭐하는 거야?! 빨리 떨어져~!"

"어, 어이, 에리리! 나는 때리지 말라고~!"

에리리는 나와 우타하 선배의 결합 부분(주(注) : 팔 언저리입니다)에, 허리 회전이 가미된 수평 회전 트윈 테일 따귀를 날렸다.

"오래 기다렸지? 집합 시간에 아슬아슬하게 맞춰 온 것 같네."

"안녕하세요, 카스미가오카 선배."

"아, 아하, 아하……."

……보는 이가 얼굴이 벌게질 만큼 유치한 방해 공작을 하고 있는 에리리를 깔끔하게 무시한 우타하 선배는 내 팔을 꼭 잡은 채 주위에 있는 이들과 인사를 나눴다.

메구미는 그런 우타하 선배에게 태연하게 인사를 건넸지만, 이즈미는 표정이 딱딱하게 굳었다.

……솔직히 말해 이즈미의 리액션이 정상적이겠지만, 이제

와서 이런 소리를 해봤자 아무 소용없을 것이다.

"이, 이제 와서! 그런 누님 색기 캐릭터의 정석적인 행동을 하는 이유가 대체 뭐야~?!"

"그야 이번 합숙을 통해 나도 카토 양, 사와무라 양의 뒤를 이어 2차원 히로인으로 데뷔를 할 거잖아?"

"인정 못 해! 이런 음험 얀데레 지뢰 히로인을 채용해봤자 아무도 행복해지지 않을 거야!"

"……그건 그렇고, 당신의 2차원 정석적 리액션은 너무 내추럴해서, 나는 범접할 수조차 없을 것 같네."

2차원 정석적 리액션이 내추럴하다는 게 무슨 말인지 모르겠다는 지적은 일단 자제하는 편이 좋을 것이다. 아무튼, 우타하 선배는 드디어 나 이외의 다른 사람을 놀리기로 작정했는지 내 팔을 놓더니 에리리의 머리를 꼭 잡아서 트윈테일 따귀를 봉쇄했다.

"윽…… 노, 노, 놓으란 말이야! 카스미가오카 우타하~!"

그러자 에리리의 트윈 테일이 순식간에 회전력을 잃으면서 수직으로 뚝 떨어졌다.

아하, 저 공격은 끝부분인 머리카락이 아니라 동력원인 머리를 봉쇄하면 되는구나……. 뭐, 당연한 거지만 말이야.

"공공장소에서 모르는 사람들에게 폐 좀 그만 끼쳐, 사와무라 양. 작화 실력은 정말 무시무시할 정도로 늘었지만, 인간적인 면은 어이없이 정도로 성장하지 않았다니깐."

"그러는 너야말로 사생활 면에서 남에게 피해를 잔뜩 끼치고 있잖아! 오늘 내가 너를 깨우려고 몇 번이나 전화를 했는지 알기나 해?! 네가 하도 전화를 받지 않으니까 집합 시간 직전에 이곳에 도착한 거잖아!"

"어쩔 수 없잖아. 합숙을 가기 위해 사흘 동안 밤을 새면서 작업을 한 끝에, 두 시간 전에 겨우 시나리오를 완성했단 말이야. 잠시 눈 좀 붙이는 것 정도는 양해해주지 않겠어?"

"사흘 연속 밤샘을 한 데다 두 시간 후에 외출을 해야 하는 상황에서 잠을 자려고 하는 걸 보면 뇌까지 썩어버린 것 같네, 이 좀비!"

에리리와 우타하 선배의 말다툼은 결국 공공장소에서 모르는 사람들에게 폐를 잔뜩 끼치며, 원래 합숙 멤버인 우리를 깔끔하게 무시한 채 점점 열기를 더해갔다.

이대로 내버려 뒀다간 목적지에 도착할 때까지 계속 이럴 것만 같았다.

나는 어쩔 수 없이 그 두 사람 사이에 끼어들며 「둘 다 그만 좀 해!」 하고 외쳐서 사태를 수습…….

"하하……."

……될 리가 없다. 하고 싶지도 않다.

반년만이다. 그녀들이 이렇게 활기차게 다투는 모습을 내 눈으로 보는 것이 말이다…….

작년까지만 해도 질리도록 봤던 광경이었다.

시청각실, 카페, 길거리, 열차 안, 그리고 내 방.

에리리의 울화통 터뜨리기라는 닭과, 우타하 선배의 독설 난무라는 달걀.

어느 쪽이 먼저인지 알 수 없는 말다툼은 때와 장소를 가리지 않으면 느닷없이 벌어졌고, 나는 항상 그 폭풍에 휘말렸다.

……아니, 내가 말다툼의 원인이었던 적이 많았던 것 같은 느낌도 든다.

그리고 올해 들어 더는 볼 수 없게 된 광경이었다.

우리는 시청각실에 모이지 않게 되었고, 그녀들은 내 방에도 오지 않았다.

새로운 서클, 새로운 멤버, 새로운 작품, 새로운 도전은 항상 자극적이고, 즐거우며, 충실했다.

하지만 다 같이 게임을 만드는 순간에도, 나는 두 사람을 떠올리고 말았다.

에리리만이 아니다. 우타하 선배만이 아니다.

두 사람이 같은 장소에 있고, 같은 방향을 응시하고 있지만, 전혀 다른 의견을 내놓으며 대립하는, 이 순간을…….

"자, 받아."

"응?"

……내가 멍하니 선 채 그런 생각에 잠겨 있을 때, 누군가가 내 어깨에 손을 얹었다.

고개를 돌려보니, 다른 한 손으로 손수건을 내미는 메구미의 모습이 눈에 들어왔다.

"토모야 군…… 지금은 그런 표정을 지을 때가 아니잖아?"

"아……."

그 말에 반응하며 코를 훌쩍인 것은 남자로서 치명적인 미스일지도 모른다.

하지만 지금은 부끄러움보다 기쁨을 먼저 느끼는 나 자신이 바보 같이 느껴지면서도, 왠지 자랑스러웠다.

그래서 나는 표정을 감추지 않았다. 당당하게 메구미의 손수건을 움켜쥔 후, 그걸로 눈가를 닦았다.

그리고 메구미 또한 그런 나를 상냥하게 쳐다보더니, 눈앞에서 여전히 소동을 일으키고 있는 두 사람을 그리움이 어린 눈길로 쳐다보았다.

"사와무라 양, 방금 그 발언은 그냥 흘려 넘길 수 없어. 대체 내 어디가 좀비 같다는 거야?"

"완전 좀비잖아! 혈압 낮고, 움직임도 굼뜬걸. 게다가 먼 옛날에 차였으면서 아직도 포기하지 못한 채 주위를 어슬렁거리니…… 좀비 맞네! 연애 좀비!"

"아하. 듣고 보니 일리가 있네……."

"어, 인정하는 거야?"

"응. 윤리 군에게 에너지 드레인을 한 것도, 내가 좀비이기 때문이라고 보면 앞뒤가 맞잖아."

"뭐어어어어어~?!"

"지금으로부터 반년 전……. 윤리 군의 젊고 씩씩한 성…… 아니, 정기를 빨아먹은 것도 이 신칸센 플랫폼에서였지. 그렇게 생각해보면 이번 합숙에서 새롭게 무언가가 시작될 예감이 들지 않아? 사와무라 양은 어때?"

"그만, 그만, 그마아아아아안~! 그, 그것, 그것만은, 떠올리고 싶지 않단 말이야아아아~! 우에에에에엥~!"

"……흐음~."

"……어?"

그리고 메구미는 쓰레기를 쳐다보는 눈길로 나를 응시하며 손수건을 채가더니, 미치루가 기다리는 플랫폼 가장자리를 향해 걸어갔다.

그 일련의 동작이 전광석화처럼 빨랐기에, 나는 메구미의 오해를 풀지도, 진실을 이야기하지도 못했다.

그렇다. 『좀비 타입 언데드는 에너지 드레인을 하지 않는다』 같은 서양 판타지 RPG의 전통적인 설정을 말이다…….

제2장

이러니 게임의 텍스트 양이 많아지는 거야.

평일이라 그런지 안내 방송에 맞춰 드디어 문이 열린 1호차 선두 차량에 탄 사람은 총 일곱 명인 우리 일행뿐이었다.

우리는 거의 전세 낸 것이나 다름없는 이 차량 안의 좌석에 자유롭게 앉았다.

메구미는 어찌 된 영문인지 나와 거리를 두더니, 에리리와 사이좋게 나란히 앉았다.

우타하 선배는 재빨리 창가 자리를 차지하더니, 허락도 받지 않고 자신의 옆자리에 앉은 미치루를 귀찮아하면서도 쫓아내지는 않으며 그대로 숙면 모드에 돌입했다.

그리고 우타하 선배와 마찬가지로 2인용 좌석의 창가에 앉은 내 옆에는…….

"여어, 토모야 군. 실례 좀 할게."

"실례라고 생각하면 딴 데 앉아."

어느새 우리와 합류한 이오리가 앉았다.

"너무한걸. 상호 팔로워도 아니면서 망할 내용의 답장이나 날려대는 불쌍한 인간 취급을 할 것까지는 없잖아."

"인마, 네가 지금 이즈미에게 얼마나 실례되는 행동을 하고 있는지 알기나 하는 거냐……."

사실 이오리가 이 자리에 앉기 직전, 이즈미는 나에게 「저, 저기, 선배. 여기 앉아도 될까요……?」 하고 머뭇거리면서 물어봤다.

참고로 이즈미는 지금도 통로에 선 채 울먹거리면서 자신의 오빠를 노려보고 있었다.

"이즈미, 미안해. 시나가와에 도착할 때까지만 이 자리를 나에게 양보해주지 않겠어? 토모야 군과 게임 관련으로 할 이야기가 있거든."

"으~, 으~, 으으으으으~."

"흔쾌히 허락해줘서 고마워. 그럼, 토모야 군. 서둘러 끝내자."

"방금 저 대답을 쾌히 허락해준 거라고 단언하는 거야? 너, 정말 오빠로서의 자부심이 끝내주는구나."

울먹이며 이오리를 노려보던 이즈미는 오빠의 명령을 거역할 수가 없는지 내 앞 자리에 앉더니, 좌석 사이의 틈으로 우리를 지그시 쳐다보기 시작했다.

……무섭다. 「낄낄낄낄낄낄낄낄낄낄낄」 하고 웃어대지는 않지만 그래도 무섭다.

"……그런데 할 이야기가 뭐야?"

"아, 잘은 모르겠지만 카토 양이 토모야 군을 피하는 게 좀 신경 쓰여서 말이야. 아무래도 「에너지 드레인」이라는 키워드와 관련이 있는 것 같은데, 그게 대체 뭘 의미하는지……."

"그걸 대체 어디서 들은 거야? 너, 아까까지 숨어서 우리를 몰래 지켜보고 있었던 거냐?!"

"……으음. 이오리, 미안한데 한 번 더 말해줘."

"토모야 군은 지금부터 목적지인 역에 도착할 때까지 다섯 명의 여자애들 전원과 각각 단둘만의 시간을 보내는 거야."

"의미도, 목적도, 방법도, 그리고 내가 그런 짓을 할 수 있을 거라고 네가 생각하는 이유도 전혀 모르겠거든?!"

열차가 도쿄 역을 출발한 후, 서서히 속도를 높이고 있는 가운데…….

「게임 관련으로 할 이야기가 있다」는 이유로 내 옆자리를 점거한 프로듀서(이오리)가 입에 담은 지령은 문제가 차고 넘칠 정도로 많았다.

"뭐, 시간이라면 충분히 있어. 환승하는 시간까지 포함하면 목적지에 도착하는 데 두 시간은 걸리잖아. 꼬시는 데 한 사람당 5분씩 걸린다고 쳐도, 20분이나 이야기를 나눌 수 있어. 그러니 걱정하지 마."

"걱정하지 말라고? 그게 시간만 있으면 얼마든지 해낼 수 있는 일이라고 진짜로 생각하는 거야?!"

이 녀석은 한정된 시간 동안, 여성 서클 멤버(OB 포함) 『전원』과 평등하게, 골고루, 지조 없이, 교류를 하라는 소리를 한 것이다.

그건 창작물 속의 하렘 주인공조차 『보통 히로인 중 한 명은 주인공을 싫어한다(츤데레)』라는 하렘물의 정석 때문에 거의 실현하지 못하는 전인미답의 영역이다(저자가 지금까지 집필한 작품 중에서는 말이다).

"하지만 토모야 군에게는 그걸 해내야만 하는 이유가 있어."

나는 허들이 어마어마하게 높은 지령을 듣고 얼굴이 새파랗게 질렸지만, 이오리는 자신의 태블릿 화면을 보여주면서 필요성을 강조했다.

"이, 이건……."

"그래. 이건 네가 쓴 플롯…… 네가, 네 자신에게 내린 지시야."

이오리가 보여준 것은 내 성과물…… 이번 신작 게임의 진행 흐름을 시나리오 구성에 맞춰 세세하게 구현한 상세 플롯이었다.

게다가 이오리가 보여준 그 화면에는 이렇게 적혀 있었던 것이다…….

해수욕 이벤트 :

조건 : 7월 후반, 여름 방학이 되면 자동적으로 발생.
내용 : 히로인 전원과 주인공이 바닷가로 숙박 여행을 간다.
진행 : 2박 3일 여행 중의 전체적인 흐름은 아래와 같다.

선택지1. 목적지로 이동 중에 발생하는 이벤트.
역에서 집합, 전원과 같은 열차에 탄다.
자 그럼, 누구 옆에 앉을까…….

A. 이즈미(가명)(후배 히로인)의 옆에 앉는다.
→이즈미(가명) 호감도+1
B. 우타하(가명)(선배 히로인)의 옆에 앉는다.
→우타하(가명) 호감도+1
C. 미치루(가명)(사촌 히로인)의 옆에 앉는다.
→미치루(가명) 호감도+1
D. 에리리(가명)(소꿉친구 히로인)의 옆에 앉는다.
→에리리(가명) 호감도+1
E. 메구리(메인 히로인)의 옆에 앉는다.
→메구리 호감도+1
F. 일행에게서 도망치듯 승강구로 향한다.
→14로 이어진다.

"오오……."

분명 내가 한 달 전에 텐션이 하늘을 찌를 것 같던 상태에서 작성했던 텍스트 파일에는 이번 여행의 취재 목적이 상세하게 적혀 있었다.

『선택지2』 이후는 생략하더라도, 게임 내부 시간으로 겨우 두 시간…… 게다가 목적지인 바다에 도착하지도 않은 단계에서 이런 선택지 연동 이벤트를 준비하다니, 정말 끝내주게 농밀한 시나리오로군…….

그건 그렇고, 작성자인 내가 이런 소리를 하는 것도 그렇지만 F를 고르면 대체 어떤 일이 일어날까……?

"잘 들어, 토모야 군. 게임 제작 합숙은 이미 시작된 거야……."

"큭……."

이오리는 진지한 표정을 지으며 나를 부추겼다.

"합숙 이벤트에서 실력을 시험받는 건 원화가만이 아니야……. 시나리오라이터의, 마치 직접 체험한 것처럼 상세한 정경 묘사가 작품의 완성도를 크게 좌우하는 요소라는 것은 말 안 해도 알지?"

하지만 「너, 실은 이 상황을 즐기고 있지?」라는 정곡을 찌르는 지적은 현재 아무런 의미도 없었다.

"바다에 도착한 후의 『여행지에서 개방적으로 변한 히로인들의 대담한 반응』은 당연히 들어가야 하겠지. ……하지만 이 타이밍의, 『여행지로 향하는 도중의, 기대와 불안을 동시에 느낀 바람에 평소와 조금 다른 히로인들의 미묘한 반응』은 지금 이 순간에만 손에 넣을 수 있어."

지금 이오리가 한 말은 일전에 내가 해수욕 이벤트의 필요성을 서클 멤버들에게 뜨겁게 설파해서 질리게 만들었을 때의 내용과 완벽하게 똑같았던 것이다…….

"자아, 토모야 군. 출격해……. 지금, 비일상을 향해 나아가고 있는 이 순간을 놓쳐선 안 돼……. 히로인들과 교류해서 그녀들 전원의 호감도를 쟁취하는 거야!"

"어, 어이, 잠깐만 있어봐! 그건 무리라고! 나, 시나리오라이터가 되겠다고는 말했지만 하렘물 주인공이 되겠다고 말한 적은 없어!"

"토모야 군, 주인공에게 몰입하지 못하는 시나리오라이터가 쓴 작품에 유저들이 감정 이입을 할 수 있을 거라고 생각해?"

"아, 아무리 그래도 무리라고! 네가 내 처지면 해낼 수 있겠어?"

"으음, 하시마 이오리라면 절대 클리어할 수 없는 게임일 거야."

"그, 그렇지? 거 보라……."

"……하지만 내가 아키 토모야라면, 너무 난이도가 낮은 게임이라 재미가 없다고 생각할 정도의 시련이겠지."

"헛소리하지 마! 근거도, 이유도 없는 그만 소리에 내가 납득할 것 같아?!"

"뭐, 어찌 됐든 간에 「신작 게임에 자신의 영혼을 바치겠다」고 선언한 토모야 군에게는 선택의 여지가 없겠지만 말이야."

"크, 으으, 윽……."

창작에 있어서, 상상력이 체험을 능가할 때는 분명 존재한다.

자신이 경험해보지 못한 것에 대한 크나큰 갈망과 기대가, 진짜를 능가하는 묘사를 가능케 하며, 그 묘사가 진짜 이상으로 사람들의 마음을 움직일 때가 있는 것이다.

하지만, 그렇다고 해서 진짜를 접할 기회가 있는데도 일부러 그것을 거부하며 상상을 통한 기적을 기대하는 것은, 좋은 작품을 만들고 싶어 하는 자가 해선 안 되는 짓이다.

……그렇다. 하렘 파라다이스에 돌입할 기회가 눈앞에 있는데, 그것으로부터 도망친다면 그것은 크리에이터로서 실격이다! 인간으로서 합격인가 아닌가는 일단 제쳐두고 말이다.

"그, 그래……. 애들한테는 『이건 어디까지나 시나리오 작성을 위한 취재야』라고 설명해서 납득시킨다면……!"

"미안하지만 그건 허락할 수 없어, 토모야 군."

"이, 이유가 뭐야……?"

"그래서는 『여행의 해방감에 사로잡힌 주인공이 용기를 쥐어짜 내서 여자애에게 말을 건다』고 하는 몰입감을 자아낼 수 없어……. 그의 긴장감, 그리고 히로인과 어느 정도의 거리를 유지해야 할지 감을 잡지 못해 끙끙대는 심리 묘사가 이 시나리오의 핵심이잖아."

"크, 으으으으윽……."

그리고 내가 제아무리 필사적으로 차선책이나 대체할 방법을 제시하더라도, 이오리는 프로듀서 겸 디렉터로서 전부 반대하며, 한결같이 게임의 질만을 추구했다.

뭐, 덕분에 이 상황을 즐기고 있다는 의혹도 불식되지 않지만 말이다.

자아, 이제 도망칠 곳은 없다.

아, 게임이나 애니메이션 제작자가 이런 소리를 하면 여러모로 위험한 느낌이 물씬 나니 방금 발언은 취소하기로 하겠다. 아무튼 돌이킬 수 없는 상황에 처한 것은 틀림없는 것 같았다.

……열차의 안내 방송이 곧 시나가와 역에 도착한다는 사실을 알려줬다.

그러니 나는 몇십 초 안에 첫 선택지를 골라야만 한다.

자아, 누구 옆에 앉을까…….

A. 이즈미(가명)(후배 히로인)의 옆에 앉는다.

"실례할게요~! ……아, 그러고 보니 실례한 사람은 방금까지 이 자리에 앉아 있었던 사람이죠. 아무튼, 선배. 잘 부탁해요."

"으, 응. 잘 부탁해, 이즈미."

……고민하고 또 고민한 결과, 내가 최초로 선택한 이는 바로 이즈미다.

아, 딱히 「이즈미는 나와 앉고 싶어 했으니까」, 「이즈미라면 괜한 의심을 하지 않을 것 같으니까」, 혹은 「타깃 히로인 공략에 실패한 주인공을 위해 준비된 만만한 구제 캐릭터부터 노려볼까」 같은 안이한 생각을 하지는 않았다는 점을 이 자리에서 밝혀두겠다.

그러고 보니 V○ta판에서도 그런 캐릭터로 취급되었지, 같은 생각도 하면 안 되겠지…….

"……브래지어를, 벗겨도 돼요."

"하, 하지만…… 아직, 그런 관계가 아니니까……."

창밖에 펼쳐진 경치가 빠른 속도로 흘러가고 있었다.

하지만 열차 안의 이 2인용 좌석에서는 시간의 흐름이 천천히, 그리고 조용히 흐르고 있었다.

"괜찮아요……. 평범한 친구 사이라도, 특별한 관계가 아니더라도, 상관없어요……."

"이즈미……."

"선배가 원한다면, 선배가, 그리고 싶다면, 저는……."

이즈미의 목소리에 숨소리가 섞였다.

이 목소리도, 흥분 섞인 숨결도, 달아오른 볼도, 그리고 촉촉이 젖은 눈동자도, 나의 대답을 기대하듯 요염함이 어려 있었다.

나는 흥분 상태인 이즈미를 보며 일대 결심을 한 후, 엄숙한 목소리로 말했다.

"아니, 안 돼. 이번 해수욕 이벤트에서 수영복 훌러덩 묘사는 금지야."

"으~."

이즈미는 내 판결을 듣더니, 투덜거리면서 스케치북에 그린 실오라기 하나 걸치지 않은 히로인의 몸에 수영복을 그려 넣었다.

제아무리 아슬아슬한 표현을 사용하더라도, 이즈미에게는 엉큼한 의도가 없다.

그렇기 때문에 평범한 대화 속에 엉큼한 의도를 집어넣는 선배(우타하 선배) 캐릭터와는 하늘과 땅만큼 차이가 날 정도로 선택지 난이도가 낮다. 그야말로 우등생이자, 범용성 또한 높은, 귀여운 히로인이다.

아니, 진짜로 좋은 애라고.

아까도 말했지만 진짜로 구제 캐릭터 같은 게 아니거든? 오해하지 마!

"이즈미, 잘 들어. 미소녀 게임, 특히 순애물의 초반에 노골적인 에로 이벤트를 넣는 것은 백해무익해.”

“어~, 하지만 초반에 유저를 확 끌어당길 요소가 없으면 플레이하는 사람들이 금방 질리지 않을까요?”

내가 초반에 온천 신을 삽입하는 흔해빠진 하렘 러브코미디에 대한 비판처럼 들릴 수도 있는 의견을 내놓자, 이즈미는 고개를 갸웃거리면서 납득이 안 된다는 듯한 표정을 지었다.

“어디까지나 중반까지는 각 히로인의 「꾸밈없는 귀여움」 묘사로 공격할 거야. ……별다른 사건을 터뜨리지 않으며, 일상의 한순간을 그대로 드러낸 자연스러운 묘사로 유저의 마음을 사로잡는 거지.”

“으음~, 확실히 토모야 선배가 추구하는 바는 고귀하다고 생각해요. 하지만 원화가에게 있어서는 너무 허들이 높다고 할까, 무기를 빼앗긴 것 같은 느낌이에요…….”

“그렇다고 쉬운 길만 골라서 갈 수는 없어! 제작자가 소중히 여기지 않는 히로인을, 대체 어느 유저가 좋아해주겠냐고!”

“앗……?!”

“히로인이 어이없는 이벤트를 통해 주인공에게 반하거나, 플레이어도 모르는 사이에 호감도 MAX가 되거나, 외모 지상주의자거나, 실은 처○ 걸레라고 생각해봐! 그런 히로인의 마음을 손에 넣은 주인공의 격도 떨어지지 않겠어? 안 그래?! 이즈미!”

내가 흔해빠진 하렘 러브코미디에 대한 비판처럼 들릴 수도 있는, 또한 특정 인물에 대한 비난 혹은 싸움을 거는 것이나 다름없어 보이는 의견을 내놓자…….

"애정을 담아, 온힘을 다해 귀엽게 표현한…… 그렇게 애지중지 기른 히로인을, 마지막에 벗기거나 죽이기 때문에, 플레이어는 발광하는 거잖아! 아, 죽인다는 소리는 어디까지나 예시에 불과하지만 말이야!"

"토, 토모야 선배……."

이즈미는 눈을 반짝이며 나를 지그시 쳐다보더니…….

"토모야 선배…… 제가, 제가, 잘못 생각했어요!"

"이즈미, 내 뜻을 알아주는구나!"

내 마음을, 이해해줬다.

"그래요! 사람의 마음을 움직이는 건 갭…… 창작에 있어 기본 중의 기본이죠!"

"그래. 확실히 초반에 유저의 마음을 사로잡는 건 중요해……. 하지만 이야기가 끝나는 그 순간까지 최고의 충격과 감동이 유지되지 않는다면, 수작은 될 수 있을지 몰라도 명작의 반열에는 들어갈 수 없어!"

그렇다. 내가 하고 싶은 말이 바로 이것이다.

이 작품에서, 내가 가장 보여주고 싶은 것은 라스트 신인 것이다.

『마무리만 좋으면 만사 오케이』라는 선현의 격언에 따라,

마지막에 가서 가장 귀엽고 가장 에로틱한(주 : 전 연령) 히로인의 표정을 보여주는 것이야말로…….

"예! 라스트 신에서 가장 큰 충격과 감동을…… 그럼 금발 히로인은 마지막에 죽여버려서 유저들의 눈물샘을 최대한 자극해보죠!"

"안 돼애애애애애애애애애애애애애애~~~!"

어디까지나 예시라고 내가 아까 말했잖아…….

B. 우타하(가명)(선배 히로인)의 옆에 앉는다.

신칸센이 다음 정차 역인 신 요코하마를 벗어나며 속도를 높이고 있는 가운데…….

"……이 자리, 비었나요?"

"……응."

운 좋게도 통로 쪽에서 빈자리를 발견한 나는 옆자리에 앉은 장발의 여성에게 조용히 말을 걸었다.

"오래간만, 이네요."

"그래."

또 어딘가에서 본 적이 있는 듯한 정경(5권 복붙) 묘사로 분량을 늘린 나는 순조롭게 다음 히로인 이벤트로…….

카스미가오카 우타하 선배의 옆자리로 이동했다.

"요즘에도 한 달에 한 번씩은 꼭 만나지만, 그래도 오래간만에 만나는 느낌이 드네요."

"그렇, 구나."

하지만 내가 우타하 선배와 나란히 앉아서 서클 합숙에 관해 이야기를 나누기까지는 많은 우여곡절이 있었다.

"저기, 우타하 선배……."

그건 바로…….

"그것보다 윤리 군. 하시마 양을 저대로 방치해둬도 되겠어?"

"나중에 내가 알아서 할 테니까, 지금은 그 이야기를 하지 말아주세요!"

그렇다. 예를 들자면「히로인 전원과 대화 이벤트를 한다.」라고 하는 이오리의 무모한 지시 때문에, 이즈미와의 열띤 대화를 도중에 중단하고 자리를 옮겨야 했다, 같은 것 말이다.

지금도 이즈미의 버림받은 강아지 같은 절망적인 시선을 잊을 수가 없다. ……게다가 앞쪽에서 희미하게「으~, 으~, 으으으으으~.」하고 신음 소리가 계속 들려오잖아!

"오래간만, 이네요."

"20초 전으로 돌아가서 다시 시작하자는 거네?"

"그건 신경 쓰지 말아주세요. 부탁이에요."

20초 전으로 거슬러 올라가 본들, 같은 분위기로 되돌아갈 수는 없었다. 결국 우리는 쓴웃음 섞인 한숨을 내쉬며 잡담을 시작했다.

"윤리 군, 고마워."

"뭐가요?"

"내가 합숙에 참가하는 걸 허락해줬잖아."

"그 말은 다른 멤버들에게 해요……. 특히 미치루에게요."

"……그래."

그렇다. 이번 합숙에 우타하 선배가 참가할 수 있도록 적극적으로 다른 멤버들을 설득한 이는 뜻밖에도…… 그녀가 우리 서클의 멤버였던 시기에는 농담으로도 사이가 좋다고 말할 수 없었던 미치루였다.

게다가 미치루는 이 열차 안에서도 당연하다는 듯이 우타하 선배의 옆에 앉았고, 내가 선배에게 말을 걸자 은근슬쩍 자리를 비켜줬다. 그야말로 「너, 진짜로 미치루 맞아?」 하고 물어보고 싶을 정도로 눈치 빠르게 행동하고 있었던 것이다.

"하지만 윤리 군에게도 고맙게 생각하고 있어……. 최종 결정권을 가진 사람은 대표인 너잖아."

"괜찮아요. ……나한테 우타하 선배를 거부한다는 선택지가 존재할 리가 없잖아요."

"어머, 그렇지는 않을 것 같은데? 만약 윤리 군이 내 말에 순종적인 애였다면, 너는 지금쯤 퇴폐적이고 건강과는 거리가 먼 쓰레기 기둥서방이 되어 있을 거야."

"저기, 나는 아직 고등학생인 데다, 부양가족이거든요?!"

……미치루와 달리, 이쪽은 「아아, 역시 우타하 선배야」 하

고 납득해버릴 정도로 예전과 다름없는 음흉함을 발휘하고 있었다.

정말, 고등학생이 리액션을 취하기 힘든 소리만 연달아 한다니깐…….

"원한다면 내가 얼마든지 부양해줄 수 있어. 한 달에 25만 엔, 그리고 집세 따로라는 조건으로 어때?"

"그렇게 구체적이고, 생생하며, 미묘하게 현실성 있는 조건 좀 제시하지 말아줄래요?!"

여자 대학생, 카스미가오카 우타하……. 그녀가 지닌 또 하나의 얼굴은 라이트노벨 작가, 카스미 우타코.

1년에 서너 권 정도 출판되는 그녀의 라이트노벨은 초판만 해도 ○만 부나 찍히며, 게다가 지금도 순조롭게 속판이 되고 있다고 한다.

즉, 그 매상에 ○퍼센트의 인세를 곱해서 나오는 그녀의 수입을 고려해본다면, 아까 말한 조건 정도는 얼마든지 실현 가능…… 아, 됐어. 이제 그만하자.

"여전히…… 뭐랄까, 선배는 대학생이 되니 발언이 더 위험해진 것 같네요."

"하지만 네가 이 합숙에서 나에게 원하는 건 이런 대화잖아?"

"예……?"

"지금 네가 이렇게 나한테 말을 건네는 건 취재를 위해서지?"

"그, 그건…… 으음……."

"대화와 상대의 반응, 태도를 통해 캐릭터 묘사의 소재를 찾아내 작품에서 활용한다……. 즉, 이건 연상 선배 히로인과의 대화 샘플 수집이잖아?"

"그, 그걸 어떻게……."

"그야 뻔하잖아……. 나라면 이렇게 끝내주는 시추에이션을 놓치지 않을 테니까 말이야."

여자 대학생, 카스미가오카 우타하……. 그녀가 지닌 또 하나의 얼굴은 라이트노벨 작가, 카스미 우타코.

1년에 서너 권 정도 출판되는 그녀의 라이트노벨은 초판만 해도 ○만 부나 찍히며, 게다가 지금도 순조롭게 속판이 되고 있다고 한다.

……즉, 그 정도의 능력을 지녔기 때문에 알아챈 것이리라.

"정말…… 선배는 못 당하겠네요."

"못 당한다는 걸 인정한다면, 나한테 전부 맡겨……. 네가 원하는 연상 선배 히로인을 연기해줄게."

"으음, 어떤 방향성을 지닌 캐릭터로 만들 생각인데요?"

"글쎄. 과거에 인연이 있었던 여자 같은 대사와, 미련이 구구절절하게 어려 있는 태도를……."

"저기, 그런 캐릭터로 설정하면 시나리오라이터(내)의 정신이 버티지를 못할 거라고요."

"어머, 내 칼집은 언제든 네 칼을 받아들일 준비가 되어 있는데?"

"우, 우타하 선……?!"

뭐, 알고는 있었지만…….

그래도 나는 볼을 쓰다듬는 선배의 손바닥을, 팔을 통해 느껴지는 부드러운 가슴을, 내 다리에 딱 붙어 있는 허벅지의 감촉을 거부하지도, 받아들이지도 못한 채, 석 달 전의 그 순간처럼 딱딱하게 굳어버렸다.

"저기, 윤리 군."

"아, 아니, 그러니까, 이런 시추에이션은 공통 루트가 아니라, 후반에……."

"그럼 이런 건 어때? 연상 히로인의 루트만 해수욕 이벤트에서 두 종류의 루트로 분기시키는 거야……. 당초의 순애 루트, 그리고 비도덕적인 느낌이 넘쳐흐르는 색욕 루트로 말이야."

"우, 우리가 만드는 건 전 연령물이거든요?!"

"괜찮아. 나한테 전부 맡겨……. 완벽하게 「그렇고 그런 걸」 상기시키지만, 절대 전 연령 등급에서 벗어나지 않는, 아슬아슬한 묘사법을 가르쳐줄게."

"뭐, 뭐, 뭐……."

결국, 우타하 선배의 『아슬아슬하게 전 연령 등급』에, 그녀의 손이, 몸이, 다리가, 그리고 입술에 들어서려 한 순간…….

"타임 오버~. 오다와라에 도착했어~."

"우와앗?!"

"윽……!"

앞좌석에서 있던 쇼트커트 소녀가 능청스럽게 몸을 쑥 내밀며 우리를 내려다보았다.

……그 순간, 그녀(미치루)가 지적한 것처럼 오다와라에 도착했다는 안내 방송이 들렸다.

"이야~. 정말 아쉽게 됐네요, 카스미가오카 선배. 평소처럼 거의 다 넘어왔는데, 결국 겁쟁이가 된 바람에 마지막 한 걸음을 내딛지 못했잖아요~."

"효도 양……!"

"으윽……."

미치루의 지적이 맞는지 틀린지는 모르겠지만, 우타하 선배의 분노가 어린 숨결이 3센티미터 떨어진 곳에 있는 내 얼굴을 쓰다듬었다.

"선배 OUT~. 나 IN~. 자아. 비켜요, 비켜~."

"……나는 역시 당신이 정말 싫어."

미치루가 우타하 선배를 손가락으로 가리키며 놀리듯이 깔깔 웃자, 나는 「아~, 역시 미치루는 변함이 없네」 하고 생각하며 납득했다. 역시 미치루는 평소와 마찬가지로 눈치라고는 눈곱만큼도 없었다.

C. 미치루(가명)(사촌 히로인)의 옆에 앉는다.

오다와라를 출발한 열차는 아타미를 향하며 다시 가속하기 시작했다.

다음 역인 아타미 역에서 환승 예정인 우리는…….

"저기~ 토모. 붕장어 한 덩어리만 줘. 그럼 내 죽순을 줄게."

"그딴 손해 보는 짓을 왜 하겠냐고……."

미치루의 제안으로 점심 식사 시간을 가지게 되었다.

오다와라와 아타미 사이의 거리는 다른 구간보다 짧은데, 이 틈에 도시락을 다 먹겠다는 건 완전 스피드 승부나 다름없다고.

시즈오카에서 아타미에 도착하는 사이에 전화로 연인과 헤어졌다는 전설의 모 시나리오라이터보다 더 무시무시하네.

"으음~, 대화를 통해 평화롭게 교환하려 했더니…… 토모는 사촌에 대한 정과 남자로서의 그릇이 작다니깐~."

"붕장어와 죽순은 가치면에서 어마어마하게 차이 난다고! 너야말로 사촌에 대한 횡포와 여자로서의 억지가 너무 심하잖아!"

"네가 기나긴 태클을 거는 사이에…… 잘 먹을게~."

"아! 미치루, 너! 무슨 짓을 하는 거야?!"

"으음~, 맛있어……. 에헤~. 잘 먹었습니다~."

"아, 정말. 붕장어는 세 개밖에 없는데……."

"마치 세상이 멸망하기라도 한 것 같은 표정 짓지 마~. ……어쩔 수 없지. 그럼 죽순뿐만 아니라 딤섬도 하나 서비스로 줄게~."

"처음부터 그 조건을 제시했으면 순순히 응했을 거라고. 정말……."

나와 미치루는 붕장어 도시락과 딤섬 도시락의 반찬 쟁탈전을 벌이면서 시끌벅적하게 점심 식사를 하고 있었다.

"그럼 토모. 아~ 해봐."

"그래……. 으윽?!"

하지만…….

"거리가…… 아까 나와 있었을 때보다 더 가까워~."

"우와아아아…… 간접 키스다아아아~."

"저기, 두 사람 다 자리를 바꾸거나 앞쪽을 쳐다봐 주세요."

그리고 앞에 있는 두 좌석 사이의 틈으로 그런 우리를 계속 쳐다보고 있는 우타하 선배와 이즈미의 눈길이 너무 따가웠다. 솔직하게 말하자면 이즈미가 혼자 쳐다볼 때보다 곱절로 무섭다.

"자아, 토모. 이제 시간이 얼마 남지 않았거든? 선배처럼 무드 잡는 데 시간 들이지 말고 빨리 할 일이나 하자~."

"그러니까 너의 그런 속물적인 면은 순애물 캐릭터에 어울리지 않다고 몇 번이나 말해야……."

어찌어찌 그 두 사람을 떼어낸 후, 겨우 『취재』를 시작한 우리는 먹다 만 도시락을 옆으로 밀쳐놓으면서 신작의 시나리오 회의를 시작했다.

……처음 상상했던 취재 방법과 꽤 다른 것 같지만, 그래도 추구하고 있는 결과물이 같으니 괜찮을 것이다.

"하지만 이런 도시락 이벤트는 미소녀 게임의 정석 같은 거잖아? 방금 시추에이션이 참고는 안 되는 거야?"

"달라. 미묘하게 다르다고……."

"그럼 「아, 볼에 밥풀 붙어 있어」…… 같은 걸 남자들은 좋아하지?"

"그그그, 그렇지 않거든?! 남자 중고생의 순정을 얕보지 말라고, 밋짱!"

미치루의 손이 내 입가에 닿았다가 그녀의 입으로 이동하자, 내 심박수가 급상승했다. 하지만 나는 헛기침을 하며 마음을 진정시킨 후, 가능한 한 차분한 어조로 설명을 시작했다.

"미소녀 게임의 도시락 이벤트에 나오는 도시락은…… 보통 히로인이 직접 만든 거야. 그게 전제 조건이라고."

"하지만 기차로 여행하니까 기차 도시락을 먹어야 하지 않을까?"

"맞아. 그거야 말로 여행의 정취이긴 해! 하지만 그건 미소녀 게임의 문법과 상반된다고!"

"으음~, 어렵네."

그렇다. 모에물이라는 것은 협소한 의미를 지녔다.

설령 겉보기와 맛이 좋다고 할지라도, 그 안에서 히로인의 마음이 느껴지지 않는다면 유저의 마음을 흔들 수 없다.

애초에 리얼한 도시락이 아니기에, 맛이나 냄새나 겉보기 같은 『결과』가 감동으로 직결되지 않는다. 그렇기에 『히로인이 일부러 주인공을 위해 만들었다』라고 하는 『과정』만이 평가되며, 유저의 뇌에 축적되는 것이다.

그러니 끝내주게 맛있는 기성품 도시락은 빌어먹게 맛없는 수제 도시락을 이길 수 없다.

그것도 그럴 것이, 수제 도시락은 히로인의 캐릭터성을 꾸며주는 팩터이기도 하기에 최강이다. 뭐, 솔직히 말해 요리가 서툰 히로인은 슬슬 식상…… 아무것도 아니다.

"그런 세세한 『미소녀 게임의 정서』를 모르는 한, 미치루는 어엿한 미소녀 게임 히로인이 될 수 없어! 반성하라고, 반성!"

"멋대로에 잘난 척 섞인 성희롱 지적을 해줘서 정말 고마워~."

이런 식으로 태클을 걸기는 했지만, 미치루의 반응에서는 분노나 당혹, 혹은 슬픔이 느껴지지 않았다.

이래서 너는 미소녀 게임의 히로인이 될 수 없는 거야.

뭐, 메구미도 마찬가지라는 점은 제쳐두겠지만 말이다.

"미치루…… 너에게는 청춘이 부족해."

"청~춘~?"

그렇다. 미치루에게서 느껴지는 것은 친척 특유의 친근감뿐이다.

그녀를 보며 남자로서 가슴이 뛸 때도 있지만, 그것은 풋풋하고, 산뜻하며, 생기 있는, 청춘 특유의 두근거림과는 달랐다.

……뭐, 그건 우타하 선배도 마찬가지일지도 모르지만, 그녀와 미치루는 결정적으로 다른 부분이 있었다.

"그리고 부끄러움이 없어. 머뭇거림이 없어. 각오가 없어."

"뭐, 토모와 나는 가족이잖아."

"가족은, 가족인 채로는, 미소녀 게임의 히로인이 될 수 없어."

어린 시절 항상 같이 다닌 부모님과, 동년배 친구, 그리고 친척은 체온이나 체취를 통해 구분할 수 있다.

몸이 닿아 있으면 시원하고 기분 좋은 어머니.

땀 때문에 끈적끈적하지만 그래도 기분이 나쁘지 않은 친구.

담배의 시큼함이 코를 찌르는 친척 아저씨.

그리고 나보다 체온이 조금 높고, 희미하게 우유 냄새가 나는, 친척 여자애.

『가족』에게는 그런 묘한 안도감이랄까, 익숙한 온기랄까, 향기가 있다.

그렇기에 미치루는 본능을 자극하기만 할 뿐, 청춘을 자극하지 못한다.

쿨타임용 에로 요원은 될 수 있지만, 가슴이 옥죄어들게 만드는 순애물 히로인은…….

"그럼 어떻게 하면 되는데~?"

어떻게 하면 친척 히로인을, 다른 히로인처럼, 순애계로 바꿀 수 있을까…….

그렇다. 결국 나는 아직 그 해결 수단을 찾지 못했다.

"으음, 예를 들어 과도한 접촉을 자제하면서, 정신적 유대를 중시한다든가…… 무심코 부끄러움을 탄다든가……."

그러니 명확한 답을 찾지 못한 채 여러모로 시행착오를 해나갈 수밖에…….

"그럼 시도해봐."

"뭐……?"

내가 생각의 미로에 빠진 바로 그 순간…….

미치루는 좌석 등받이에 기대면서 눈을 살며시…… 아니, 힘껏 감았다.

"즉, 내가 부끄러워할 만한 무언가를 토모가 찾아내기만 하면 되는 거잖아?"

"어, 어?"

"그럼 그 시행착오라는 걸 해봐."

"내, 내가……?"

"응…… 좋아~. 해봐. 나도 반격기 같은 걸 날리지는 않을게."

"미치루……?!"

미치루는 그렇게 말했지만, 평소처럼 릴렉스하지는 못했다.

눈에 힘을 주며 꼭 감았을 뿐만 아니라, 온몸을 긴장시켰으며, 몸에는 희미하게 땀방울이 맺혀 있었다.

"손을 살며시 잡는다든가, 머리카락을 살며시 쓰다듬는다든가, 그냥 지그시 쳐다본다든가……."

"그런 걸, 해봐…… 토모."

"……윽(꿀꺽)"

그렇다…… 그녀, 에게서…….

지금까지 단 한 번도 느껴보지 못했던『각오』라는 것이 느껴졌다.

또한 예전에 비하면 그야말로 별것 아닌 행위를 하려는 것뿐인데…….

스릴 같은 게 느껴질 리가 없는데…….

"……."

"……."

그저, 단 하나의 톱니바퀴가 어긋난 것만으로…….

미치루가, 수동적인 태도를 취한 것만으로…….

그『익숙하지 않은 행동』이, 그러니까, 뭐랄까, 저기…….

내 가슴이, 두방망이질 치게, 했다.

"……아타미에 도착했네~."

"으, 응……."

……이번에는 내가 겁쟁이가 된 바람에 타임 오버가 되고 말았다.

"그럼 환승할 준비를 해야겠네. 토모, 자리로 돌아가자."

"그래."

하지만 나는…… 아마 미치루도 우리가 방금 함께 보낸 시간에 만족했을 거라고 생각한다.

왜냐면 그 안에는 순애물에 꼭 필요한『주저』가 존재했던 것이다.

D. 에리리(가명)(소꿉친구 히로인)의 옆에 앉는다.

아타미에서 내린 우리가 오도리코 호로 갈아타자, 창밖에는 이번 합숙을 기대하게 하는 경치가 펼쳐져 있었다.

오른쪽 창밖에는 녹음이 우거진 산이 존재했다.

왼쪽 창밖에는 짙은 푸른색을 띤 바다가 펼쳐져 있었다.

그리고 두 창문에서는 눈부신 햇살이 쏟아져 들어왔다.

그리고…….

"우와, 엄청 더울 것 같아……. 빨리 호텔에 체크인한 다음, 에어컨을 빵빵하게 틀고 창문을 확 닫고 싶어~."

"그게 바다 합숙에 자원해서 참가한 녀석이 할 소리냐……."

내 옆에는 그 태양광을 반사하고 있는 금발을 지닌 소녀(에리리)가 앉아 있었다.

정말, 이런 발언만 하지 않는다면 한 폭의 그림 같은 녀석인데 말이다. 정말 아깝다.

"그것보다 메구미를 저대로 둬도 괜찮겠어?"

"물론 괜찮지 않지만, 지금은 언급하지 마! 부탁이야!"

히로인 대화 이벤트(를 위한 취재)의 선택지도 두 개밖에 남지 않은 가운데, 나는 이 여행이 시작됐을 때부터 계속 함께 다니던 메구미와 에리리에게 말을 걸었다.

……그 순간, 메구미의 모습은 내 시야에서 순식간에 사라졌고, 이 자리에는 에리리만이 남아 있었다.

그건 그렇고, 메구미 양? 서서히 캐릭터성을 확립하는 건 좋지만, 스텔스 성능 또한 더욱 상승한 것 같은데요. 혹시 이런 면도 캐릭터성으로 여겨도 괜찮을는지요?

"여행을 시작하자마자 바로 다투는 건 좀 그렇지 않아? 내가 화해시켜줄까?"

"……진심으로 부탁하는 건데, 그냥 관심 꺼."

우와~. 최근 두 달 동안 메구미와 거의 절교 상태였던 녀석한테 이런 소리를 들으니 짜증이 솟구치네~.

뭐, 이렇게 눈치가 없어야 에리리답다고 할 수도 있겠지만 말이다.

"그런데 게임 제작 쪽은 순조로워?"

"물론이지!"

내 부탁대로 한동안 나와 메구미 사이의 일에 『관심을 끄기로 한』 듯한 에리리는 열차가 첫 번째 역에 도착했을 즈음, 은근슬쩍, 불현듯 생각난 것처럼 그렇게 말했다.

"두고 봐, 에리리. 이번에야말로 내가 직접 만들고 말 거라고……. 사람들의 가슴을 두근거리게 만드는 미소녀 게임을 말이야."

아마, 우리 둘 다 알고 있으리라.

"……소꿉친구 히로인의 이야기, 읽었어."

"……그랬구나."

지금 서로에게 묻고 싶은 것은, 이야기하고 싶은 것은, 그 시나리오에 대한 감상, 그리고 목적이라는 사실을 말이다.

"저기, 그건……."

"미리 말해두겠는데, 그건 어디까지나 픽션이야."

"……알아."

그렇다. 『그 시나리오』란 얼마 전에 내가 완성한 『금발 트윈 테일 소꿉친구 히로인, 사와무라 스펜서 에리리(가명) 시나리오』에 관한 것이다.

내 경험과 추억, 그리고 상처……가 아니라, 내 감상과 망상과 꿈을 쏟아부어서 만든, 개인적으로는 매우 부끄럽고, 매우 그리우며, 또한 매우 아픈, 이야기다.

"그렇게 상냥하고, 성실하며, 멋진 주인공이 현실에 존재할 리가 없다는 건 나도 안다구."

"맞아……. 그렇게 상냥하고, 솔직하며, 귀여운 히로인이 현실에 존재할 리가 없지."

"……."

"……."

하나의 이야기를 접한 두 명의 독자가 존재한다면, 그 두 독자가 느낀 감상이 다른 것 또한 어찌 보면 당연할 것이다.

"그래? 그 히로인이 그렇게 솔직했어?"

"당연하지. 마지막에는 자신의 잘못을 인정하고, 진심으로 주인공에게 사과했잖아."

"어~. 하지만 그건 일방적으로 한쪽이 잘못한 건 아니라고 생각하는데? 나는 히로인이 주인공을 위해 어쩔 수 없이 한 걸음 물러선 것처럼 느껴졌어."

"무슨 소리를 하는 거야. 잘못한 사람은 분명 히로인이라고. 하지만 아무나 자신의 잘못을 인정할 수 있는 것은 아니니까, 나는 그녀를 지지할 거야."

"에이, 토모야. 무슨 소리를 하는 거야. 그런 걸 두고, 『먼저 반한 게 죄』라고 하는 거야. 유감이지만 그 부분의 각본은 진부하다고 느꼈어."

"……내 시나리오가 진부하다는 거야?"

"……내 해석이 잘못되었다는 거야?"

"……윽."

"……윽."

그건 그렇고, 두 명의 독자가 내놓은 두 가지 해석이 이렇게까지 정반대라니…….

"애, 애초에, 에리리는 주인공을 잘못 해석했다고! 내가 의도한 바와는 완전히 다르잖아!"

"그, 그렇지 않아! 히로인을 항상 지켜봐 주고, 무슨 일이 있을 때마다 감싸주며, 항상 상냥하게 안아주는…… 마치 세르비스 같다고 생각했단 말이야!"

"세르비스? 그 주인공이 그런 인격자일 리가 없어. 나는 위선자라고 생각하며 글을 썼다고."

"잠깐만. 그건 이번 타이틀에는 전혀 부합되지 않는 주인공 타입 아냐?"

"맞아. 그러니 겉으로 드러내지는 않을 거야. 하지만 내가 짠 뒷설정에서는 그렇게 되어 있어."

"독자가 그런 뒷설정까지 눈치채야 작품을 즐길 수 있는 거야? 그렇다면 시나리오를 만드는 방식 자체가 잘못된 거잖아!"

"그렇지 않아! 그러지 않고도 즐길 수 있도록 썼다고!"

"그럼 내가 그런 부분을 눈치채지 못했다고 비난하는 건 앞뒤가 안 맞잖아!"

"너라면 눈치챌 수 있었을 거야! 이 주인공이 얼마나 얄팍하고, 꼴사나우며, 히로인을 전혀 용서하지 않았지만, 그래도 그녀를 좋아하기 때문에 자신을 억누르고 있는, 한심한 녀석이라는 걸 말이야!"

"그런 내면을 지닌 주인공에게 누가 감정 이입을 할 수 있겠냔 말이야!"

"그런 거짓말쟁이 히로인 또한 아무도 좋아하지 않을 거라고!"

"……윽."

"……윽."

……나와 에리리는 서로에게서 고개를 돌린 채, 창밖에 존재하는 산과 바다를 한동안 쳐다보며 주위의 분위기를 압도적일 정도로 악화시켰다.

이즈미는 머뭇거리면서 우리 쪽을 몇 번이나 쳐다보았다.

미치루는 히죽거리면서 우리 쪽을 몇 번이나 쳐다보았다.

이오리는 느긋하게 창밖의 풍경을 즐기고 있었다.

그리고 우타하 선배는 더는 어울려주지 못하겠다는 듯이 독서에 몰두하고 있었다.

마지막으로 메구미는 딱 한 번 우리 옆을 지나가다, 나와 눈이 마주칠 뻔하자 전광석화 같은 속도로 고개를 돌리며 재빨리 원래 자리로 돌아갔다.

하지만 나는 그녀가 지나가던 순간, 엄청 작은 목소리로 중얼거린 한마디를, 겨우겨우 들었다.

『하아. 정말 좋아죽겠나 보네.』

……큰일 났습니다. 마지막 미션의 난이도가 더 올라간 것 같아요.

E. 메구리(메인 히로인)의 옆에 앉는다.

"저, 저기~. 말이야?"

"……."

냉전 상태인 나와 에리리를 태운 열차는 역 몇 개를 통과했고…….

"으음, 저기, 질문 몇 가지만 드려도 괜찮겠사옵니까?"

"……."

드디어 열차가 목적지 직전의 역을 출발한 순간, 궁지에 몰린 나는 용기를 쥐어짜 내며 그 자리에 섰다.

"옆자리에, 앉아도, 괜찮, 으려나~?"

……우리 서클의 부대표이자 기둥인, 카토 메구미의 눈앞에, 말이다.

"……그것보다 에리리부터 어떻게 해야 하지 않을까?"

"남의 일은 신경 쓰지 좀 말라고!"

……그건 그렇고, 오늘 하루 동안 나는 몇 명에게 석고대죄를 해야 하는 처지가 된 것일까.

"이번 합숙, 정말 기대돼~. 목적지에 도착하기도 전에 트러블이 연달아 터지잖아~."

"트, 트러블도 여행의 매력이잖아! 2보 전진을 위한 1보 후퇴는 시나리오의 기본이고 말이야!"

"아~, 그런가요~."

"……끝내주게 성의 없는 대답이네."

도쿄 역을 출발하고 두 시간이 경과되었을 즈음…….

나는, 드디어 메구미…… 아니, 메구미 님의 옆자리에 앉는다고 하는 영광을 누리게 되었다.

……뭐, 옆에서 들려오는 메구미 님의 말씀에서는 프렌들리라고 하는 요소가 눈곱만큼도 느껴지지 않지만 말이다.

"뭐~. 대표 정도 되면 이런저런 일들을 겪기 마련이겠죠~."

"진짜로 좀 봐달라고, 메구미."

"……."

"……메, 메구미 씨."

"응? 왜? 나 불렀어?"

이 먹구름, 이 위압감, 그리고 이 절망감.

이것이 바로 암흑 모드가 된 메구미의 본성인 건가…….

"여러모로 불만이 있을지도 모르지만, 그래도 기왕 합숙을 하기로 했으니 이제 그만 화를 풀지 않겠어? 아니, 않겠사옵니까?"

이 암흑 모드를 몇 달 동안이나 견뎌낸 이오리가 정말 대단하다는 생각이 들었다.

나 같으면 하루도 버티지 못할 거야.

"부, 부탁이야! 너는 부대표잖아? 네가 토라지면 서클 자체가 굴러가지 않을 거라고!"

"토모야 군……."

그리고 내 공포심…… 아니, 성의가 드디어 전해진 걸까.

메구미는 그제야 차갑지 않은 시선으로 나를 쳐다보며 딱딱하게 굳어 있던 입가의 근육을 풀더니…….

"그럼 서클의 대표와 부대표로서 정보를 공유할까?"

"으, 응. 그래……. 나, 지금 이오리의 제안으로 합숙 이벤트의 시나리오를 쓰기 위해 취재를……."

"카스미가오카 선배와 무슨 일 있었다며?"

"그건 서클과 상관이 없지 않아?!"

하지만 추궁할 생각은 넘쳐흐르는 것 같았다.

"뭐, 확실히 상관은 없어."

"그, 그렇지? 그러니 말할 필요도 없을 것 같은데……."

"맞아. 말할 필요는 없어."

"그, 그럼……."

"하지만 자발적인 정보 공유라면 문제 될 건 없지 않을까?"

"뭐?"

"토모야 군이 이야기하고 싶다고 생각해서, 자기 입으로 말한다면 문제 될 건 없지 않을까?"

"그, 그야 뭐……."

"그렇지?"

"……."

"……."

"……."

"……."

아니, 진짜로, 철저하게 추궁할 생각인 것 같은데…….

"알았어! 알았습니다! 전부 고백할게요! 이야기하면 되잖아요!"

"흐음, 대체 무슨 바람이 분 거야?"

우와, 순식간에 태도를 바꿨어.

"하지만 이건 어디까지나 참회야. 고해성사라고. 신부님은 죄를 고백한 사람에게 벌을 내리지 못해!"

"우와~, 순식간에 태도를 바꾸네."

아니, 진짜로…….

"흐으으으으~음."

"……왜 그래?"

"아무것도 아냐. 흐으으으으~음."

"네가 그러니까 엄청 무섭거든?!"

일단 알고 있는 걸…… 아니, 체험했던 일을 전부 실토했다.

4월에 도쿄 역에서 우타하 선배와 있었던 일을 말이다.

사람들이 보는 앞에서, 아니, 에리리가 보는 앞에서 벌어졌던, 저기, 그러니까, 으음…….

"이, 일단 나는 이야기했어! 뭔가 할 말 없어?!"

"응. 거짓말은 아닌 것 같네."

"……내 말을 믿는구나."

"그야 이게 거짓말이라면, 토모야 군은 비상식적인 망상을 희희낙락거리며 늘어놓는 불쌍한 사람인 거잖아."

"저기, 방금 네가 한 말을 어떤 식으로 해석해야 하는 건지 모르겠어."

불쌍하기 그지없는 망상 같은 이야기라서 믿을 수 있다니…… 일본어는 정말 어렵다는 생각이 듭니다.

"아하…… 그래. 그랬구나. 그래서 에리리가……."

"그 이야기는 이제 그만하면 안 될까?"

"뭐, 토모야 군을 탓해봤자 아무 소용없을 것 같기는 하네.

그렇다고 카스미가오카 선배한테도 잘못은 없는 것 같아."
"그, 그래! 아무도 잘못하지 않았어!"
"응. 그러니 나만 납득하면 그 이야기는 깔끔하게 마무리 되겠네."
"그, 그래. 납득했지? 이걸로 그 이야기는 깔끔하게 마무리된 거지?"
"……."
"……메구미?"
"흐으으으으으으으으으으으으으으으으~음."
"잠깐만! 아까보다 감탄사가 길어진 것 같지 않아?!"

"그건 그렇고, 우리 서클에는 이상한 사람만 잔뜩 있는 것 같아."
"……들어오는 사람도 그렇고, 나가는 사람도 그렇지."
영원처럼 느껴지는 고문…… 아니, 심문…… 아니, 질문 시간이 드디어 끝났다.
그리고 메구미는 한숨을 쉬더니, 겨우 미소…… 아니, 쓴웃음을 지었다.
"하나같이 취향도 나쁘고, 사람 보는 눈도 없는 데다, 포기할 줄도 모르는 사람들이라니깐."
"……노코멘트하겠어."
하지만 발언 자체는 어설프고, 누구를 가리키는 건지, 그리고 그 안에 어떤 의미가 담겨 있는 건지, 미묘하게 알 수가 없었다.

"하지만 그런 사람들이 만들기 때문에 재미있는 게임이 완성될지도 몰라. 그런 사람들을 모델로 하니까, 게임을 하는 사람들이 히로인을 좋아하게 되는 걸지도 몰라."

"……역시, 노코멘트하겠어."

이렇게 명확하지 않은 조건에서는 나 또한 명확한 대답을 내놓을 수가 없었다.

"전부 대표의 인덕인 걸까?"

"요즘 들어 부대표의 영향력이 상당히 강해졌다는 건 자각하는 편이 좋을걸?"

결국 우리 둘 다 애매한 미소를 짓고 있는 와중에, 열차는 목적지의 플랫폼에 도착했다.

그렇다. 딱 하나의 문제만이 해결되지 않은 채…….

"에리리와 화해시켜줄까?"

"메구미 님, 부탁드립니다!"

제3장
이 시리즈에서 가장 짧은 챕터 기록을 갱신했습니다.

"……휴우."

달빛이 비친 바다에서 불어온 바람이 내 볼을 살며시 쓰다듬었다.

더위가 가신 모래사장에서는 폭죽이 터지는 소리도, 사람들의 들뜬 목소리도 들려오지 않았다. 들리는 것은 규칙적으로 울려 퍼지는 파도 소리뿐이다.

그것도 그럴 것이 지금은 오전 두 시다.

초목도, 그리고 서클 멤버도 잠드는, 한밤중인 것이다.

오후에 현지 숙박지에 도착한 우리는 수영복으로 갈아입고 바다에 가지도, 온실에서 열대 식물을 구경하지도, 그리고 움직이지 않는 악어나 너구리판다를 감상하지도 않았다. 그저 게임 진척에 관한 회의와 내일 일정 확인, 저녁 식사, 목욕 등을 한 후, 내가 가지고 온 카드 게임을 다 같이 했다.

타고 난 아웃도어파인 미치루, 그리고 가장 의욕이 넘치던 이즈미는 도착하자마자 취재(라는 명목의 해수욕 및 관광)를 하자고 주장했다. 하지만 과반수인 인도어파의 정치 공작에 의해 첫날부터의 적극적인 활동은 중단되었다.

……뭐, 그렇게 된 가장 큰 원인은 내가 열차 안에서 모든 정신력을 다 소모했기 때문이지만 말이다.

그래도 여관 다다미방에서 뒹굴뒹굴하고, 방에 구비되어 있던 차와 과자를 즐기고, 여관 안을 탐색하고, 선물 가게에서 아이 쇼핑을 하고, 저녁 식사를 즐기고, 온천물에 몸을 담그고, 밤늦게까지 동료들과 게임을 하다 보니, 여행을 왔다는 실감과 내일에 대한 희망이 마음속에서 되살아났다. 그 결과, 지금은 기운이 너무 넘쳐서 오히려 잠을 잘 수가 없었다.

그것도 그럴 것이, 내일, 아니, 내일부터 사흘은 모든 히로인의 수영복 이벤트가 무조건적으로 발생하는 보너스 스테이지인 것이다.

취재라는 명목으로 만들어진 이 급조 하렘에서 압력이나 부담감이나 긴장감 같은 것을 느끼지 않는 것은 아니다. 그리고 그 말들은 거의 같은 의미다.

하지만 낚이더라도 후회되지 않을 만큼, 이번 이벤트에 등장한 히로인들은 하나 같이 여러모로 좀 그랬다. 아, 물론 좋은 의미에서 말이다.

"……돌아가자."

내일부터 벌어질 일들을 상상한(컬러 일러스트 참조) 탓일까, 나는 산책을 했는데도 마음이 진정되거나 수면 욕구가 생기지 않았다. 결국 나는 잔잔한 파도에서 눈을 떼며 돌아섰다.

그리 넓지 않은 모래사장에서 벗어나 도로 쪽으로 돌아온 내가 둑에 설치된 콘크리트 계단을 끝까지 올라간 순간…….

"소년, 여기 있었구나~."

"어……?"

나는, 그 인물과, 마주쳤다.

그 사람은, 도로가에 세워둔 차에 기대선 채 나를 지그시 쳐다보고 있었다.

가로등 불빛에 비친 얼굴과 기나긴 머리카락, 그리고 목소리로 볼 때 여성이 분명했다.

나이는 나보다 꽤 많아 보였다. 아마 서른 전후일 것이다.

말투와 태도로 볼 때, 그녀는 나를 아는 것 같았다.

하지만 나는 유감스럽게도 그녀의 정체를 짐작할 수…….

"미안하지만 네 애인들을 데려가려고 왔어."

"아……."

……아니, 짐작이 되었다.

아마 단 한 번도 만난 적은 없을 것이다.

하지만 나는 한때 저 용모를 몇 번이나, 몇 번이나 사진을 통해 보며, 내 기억에, 마음에, 감정에, 똑똑히 각인시켰다.

내가, 평생을 바쳐서라도 반드시 앙갚음을 해야만 할, 강대한, 적으로서 말이다.

그렇다. 그녀의 이름은 바로…….

"코사카, 아카네……."

제4장

회의 시간이 두 시간을 넘으면 내용이 머리에 들어오지 않는다니깐.

"……."

"……."

"……."

테이블을 사이에 두고, 여섯 개의 눈동자가 부딪쳤다.

아니, 정확하게 말하자면 두 개와 네 개의 눈동자가 부딪치고 있었다.

한쪽에는, 초대받지 않은 방문자가 앉아 있었다.

데뷔 이후 10년이 넘는 기간 동안 만들어낸 거의 모든 작품을 히트시키고, 미디어믹스를 성공시켰으며, 또한 후진 육성에도 의욕적으로 임해, 업계에 확고한 파벌을 형성한, 만화가 겸 원작자.

존재감에 있어서도, 언행에 있어서도, 일본 굴지의 몬스터 크리에이터라고 해도 과언이 아닌 천재이자, 강대하고 사악한 존재.

전(前) 동인 서클『rouge en rouge』대표.

현(現) 주식회사『코슈 기획』대표 이사, 코사카 아카네.

그리고 맞은편에 앉아 있는 이들은 천재인 그녀의 눈에 들어, 거의 강제적으로 초빙된 원화가와 시나리오라이터, 사와무라 스펜서 에리리와 카스미가오카 우타하.

이번 겨울에 발매될 예정인 대작 RPG『필즈 크로니클 XIII』의 메인 스태프가 모인 이 광경은 100만 명 이상이 플레이하는 시리즈의 팬에게 있어서는 감격적인 광경일지도 모른다.

"어이, 이오리."

"응? 토모야 군, 왜 그래?"

"저 사람들은 왜 우리 방을 점령한 거야……?"

그렇다. 나도 감격했을지도 모른다. ……여행을 온 우리가 묵는 여관의, 내가 잘 예정인 방에서 그녀들이 집결하지만 않았다면 말이다.

"어쩔 수 없잖아, 소년. 그 정도는 헤아려."

"뭐, 뭘……?"

그리고 느닷없이 여관에 들어오더니, 옆에 있는 여자 방에서 자고 있던 두 사람을 억지로 깨워서 우리 방으로 끌고 온 이 소동의 원흉은(코사카 아카네), 이 한밤중의 긴급 사태를 심플하기 그지없는 한마디로(그 정도는 헤아려) 정리하려 했다.

"토모야 군, 저 말이 무슨 뜻이냐면 말이야. 그녀들이 이제부터 이야기할 내용은 제작 중인 상업 게임에 관한 기밀 정보이며, 이 회의가 언제 끝날지 모르니, 옆방에 있는 여성들에게 가능한 한 폐를 끼치지 않기 위한 최선의 판단을 내릴 수밖에 없……."

"태, 태클 걸 부분을 정리하게 입 좀 다물고 있어봐!"

일단 바로 머릿속에 떠오른 것만 해도 「나한테는 폐를 끼쳐도 되는 거야?」, 「나한테는 기밀 정보를 들려줘도 괜찮은 거야?」, 「방금 아무렇지도 않게 『언제 끝날지 모르니』라는 소리를 했지?」…….

그리고 왜 이오리가 저 사람을 감싸는 듯한 발언을 하는 건데?

"포기해, 토모야 군. 아카네 씨는 원래 저런 사람이야."

"잠깐만 있어봐. 아무리 생각해봐도 내가 포기할 이유는 전혀 없는 것 같은데?!"

"왜 이렇게 느닷없이 쳐들어온 거야? ……그것도 한밤중에 말이야. 하다못해 미리 전화를 해줄 수는 없었어? 좀 상식적으로 행동해달라고 몇 번이나 부탁했을 텐데? 코사카 씨."

당혹스러워하는 나를 감싸주……려는 생각은 눈곱만큼도 없겠지만, 잠에서 깬 지 얼마 안 된 탓에 기분이 나빠 보이는 우타하 선배가 자신의 고용주인 대선배 크리에이터에게 사정없이 달려들었다.

"그야 내가 미리 전화로 연락을 했다간 도망칠지도 모르잖아?"

한편, 고용주이자 대선배인 분께서는 자신이 스카우트한 시나리오라이터의 반란에 난폭하고 불신감으로 가득 찬 반응으로 답했다.

"말이 너무 심하잖아! 카스미가오카 우타하는 나와는 다르게 그런 불의를 저지르지 않아!"

"사와무라 양……."

"에, 에리리……?"

에리리가 자신을 낮추며 우타하 선배를 감싼다고 하는, 우리 서클에 속해 있을 때는 단 한 번도 보지 못했던 감동적인 광경도…….

"그 위세가 얼마나 가려나……. 아하하하하."

"뭐……?!"

아무래도 그녀…… 코사카 아카네에게는 자기 식구 감싸기처럼 보이는 것 같았다.

이 세 사람은 항상 이런 분위기 속에서 게임을 만들고 있는 건가?

이렇게 나쁜 분위기 속에서 좋은 작품을 만들 수 있는 건가?

……뭐, 우리 서클도 작년에는 비슷한 분위기였지 않느냐고 누군가가 지적한다면 꿀 먹은 벙어리가 될 수밖에 없겠지만 말이다.

"그런데, 무슨 일이야? 우리는 이달 치 일을 다 끝냈잖아? 나는 상반신 선화(線畵)까지 전부 끝냈고, 카스미가오카 우타하도 모든 루트의 시나리오를 완성했다고……."

"뭐어어어어어어어어어어어어어어?! 거짓마아알?! 벌써 끝낸 거야아아아아아아아아아아아아아~?!"

"……."

"……."

"……."

세 사람의 껄끄럽지만 진지한 분위기를, 한밤중에 이웃들에게 폐를 팍팍 끼치는 고함 소리가 박살 냈다.

"자, 잠깐만, 우타하 선배? 모든 루트의 시나리오를 완성한 거야? 벌써?!"

그렇다. 이 일과 무관계한 내가 지른 경악에 찬 고함 소리가 말이다.

"그래서 어제까지 사흘 연속으로 밤샘을 했던 거야."

"하, 하지만, 지금은 7월이잖아……? 연말에 발매 예정 맞지?"

"그래. 발매까지 이미 반년밖에 남지 않았어."

"하, 하지만! 우타하 선배가 우리와 게임을 만들 때는 연말 발매 예정인데도 11월까지 작업을……."

그리고 그로부터 에리리의 통조림, 급환, 미완성이 이어졌고, 정적의 겨울 코믹마켓과 공중분해의 졸업식으로…….

"윤리 군."

"어……?"

"더는 아무 말도 하지 마. 알았지?"

"예, 예입?!"

눈치 없는 옛 관계자의 증언…… 아니, 외부인의 헛소리가 다른 두 사람의 눈빛을 쌀쌀맞게 만들었다.

"뭐, 그게 컨슈머와 동인의 차이야, 토모야 군. 완성 기한도 빡빡할 뿐만 아니라, 발매 전에는 엄격한 심사도 받아야 하거든."

크리에이터의 어둠에 삼켜질 뻔한 나에게, 이오리는 스포츠 신문에 흔히 나오는『업계 전문가 H씨』같은 투로 해설을 해줬다.

"하, 하지만, 메이커 중에는 대충 베타판을 만들어서 제출한 다음, 심사 기간에도 태연하게 게임 개발을 계속하는 곳도……."

"……토모야 군."

"으, 응……?"

"더는 아무 말도 하지 마. 알았지?"

"너까지 그런 소리를 하는 거냐?!"

하지만 업계 전문가 H씨는 최종적으로는 옛 관계자가 아니라, 업계의 편을 들었다.

"이걸 말하는 거지? 이미 체크했어."

내가 아무래도 상관없는 이야기를 하는 사이, 코사카 아카네는 가지고 온 가방을 열더니, 안에 들어 있던 서류 다발을 꺼내서 테이블 위에 올려놓았다.

"우, 우와아……."

그것은 옆에서 보며 경악하고 있는 나뿐만 아니라, 그것을 만든 에리리와 우타하 선배마저도 인상을 쓰게 할 만큼 양이 엄청났다.

얇디얇은 종이가 쌓이고 쌓여서 만들어진 탑의 두께는 30센티미터를 가볍게 넘어 보였다.

수백 장은 될 듯한 엄청난 양의 디자인화, 그리고 그 양을 가볍게 능가하는 시나리오 관련 프린트물.

……그저 이 엄청난 양에 대해 그저 말로서 듣기만 했다면, 『요즘 같은 시대에 종이로 작업하는 거야~?』, 『전자 데이터로 작업하면 되잖아. 종이가 아깝네』 같은 생각을 할지도 모른다.

하지만 이 종이 다발을 두 눈으로 직접 본다면, 그것이 『실물』로 존재한다는 사실이 자아내는 커다란 의미를 몸으로 느끼게 된다.

그것도 그럴 것이, 이 자리에 존재하는 것은 단순한 텍스트나 그림이 아니다.

종이 한 장 한 장에 붙어 있는 포스트잇 때문에 종이 다발을 더욱 두터워졌으며, 금방이라도 균형을 잃고 무너질 것만 같을 정도로 기울어져 있었다.

게다가 포스트잇이 붙어 있는 종이에는 빨간색 펜으로 엄청난 양의 첨삭이 되어 있었다.

어떤 종이에는 디렉터, 코사카 아카네의 구체적인 지시가 몇 줄이나 적혀 있고…….

어떤 종이에는 만화가, 코사카 아카네의 일러스트가 여러 패턴에 걸쳐 그려져 있으며…….

그리고 어떤 종이에는 원작자, 코사카 아카네의 대사가 한 페이지를 가득 채우고 있었다.

……말로서 그저 듣기만 한다면 역시「워드 프로그램에도 첨삭과 주석 기능이 있다고」같은 태클을 거는 사람이 있을지도 모른다.

하지만, 말로는 설명할 수 없지만, 이것은, 이 세상에, 꼭 필요한 종이 다발이다.

나처럼 아무 상관없는 방관자에게 있어서는 금은보화나 다름없다.

하지만 관계자인 두 사람에게 있어서는 감사하기 그지없는 피드백이자, 지긋지긋한 존재 부정인 것이다.

"그럼…… 우선 카시와기 선생님의 디자인부터 시작해볼까."

그렇다. 아마, 이제부터 시작되는 것은 전쟁이다.

코사카 아카네가, 두 사람을 자근자근 박살 내려 하고,

두 사람은 목숨을 걸고 그런 그녀에게 저항하는, 성스러운 전쟁인 것이다.

※ ※ ※

“좋아. 우선 카시와기 선생님 파트는 끝났어……. 그럼 10분 정도 쉰 후에, 카스미 선생님의 파트를 시작하자.”

시계는…… 곧 오전 여섯 시를 가리키려 하고 있었다.

창밖에서는 이미 해가 떠오르고 있었고, 구름 한 점 없는 외부의 열기가 그대로 방 안으로 흘러들어올 것만 같았다.

“……하아아아암~.”

“……휴우우우우~.”

그리고 오전 두 시부터 시작된 네 시간 연속 회의를 겨우 (일시적으로) 끝낸 사람들은 혼과 생명력이 다 빠져나간 것처럼 테이블에 넙죽 엎드렸다.

“어이, 이오리. 이제 식당이 열렸을 시간이지? 같이 맥주 마시러 가자.”

“미성년자에게, 그리고 이런 꼭두새벽에 그런 제안을 하지 말라고요, 아카네 씨.”

“한 잔 정도는 괜찮잖아. 너는 우리 서클『rouge en rouge』에 있던 시절부터 잔소리가 많은 녀석이었다니깐~.”

……방금 의기양양하게 방을 나선 한 사람(아카네)을 제외하고 말

이다.

“수, 수고했어~.”

엄청난 프로들이 자아내는 뜨거운 열기를 느낀 내가 할 수 있는 일이라고는 두 사람에게 차를 대접하며 위로하는 것뿐이었다.

“하아~. 진짜 피곤하네. 완전 고문이야, 고문.”

내가 말을 걸자, 에리리는 겨우 몸을 일으키며 차를 한 모금 마시면서 투덜댔다.

한편, 사흘 연속 밤샘을 한 걸로 모자라 한밤중에 억지로 일어나야만 했던 우타하 선배는 테이블에 엎드린 채 꼼짝도 하지 않았다.

“너희 회의는 정말 엄청나네…….”

“……이런 짓거리를 매주 하고 있어.”

“……엄청나다는 말로도 부족하겠는걸.”

“정말, 코사카 아카네와의 회의는 우울 그 자체라니깐. 입도 엄청 거친 데다, 태도도 최악이야. 게다가 그게 끝도 없이 계속돼……. 마감 일주일 전에 원화가 세 장이나 남아 있을 때의 기분이 차라리 나을 정도야.”

“그렇다고 그걸 실천하지는 마. 알았지? 절대 하지 말라고.”

메구미의 도움으로 어제 『일단』 화해를 하기는 했지만, 아무래도 에리리는 이 심야 돌발 이벤트 탓에 나한테 생겼던 마음속 응어리를 완전히 잊은 것 같았다.

……『그 점에 있어서는』 에리리의 현재 보스에게 감사해야 할지도 모른다.

“그건 그렇고 『잠시 여행 좀 다녀올게』하고 분명 말해뒀는데, 일부러 여행지까지 쳐들어와서 회의를 하다니 말이야. 대체 얼마나 한가한 거야? 아니면 편집증 환자일까?”

“저 사람이 한가할 리가 없다고…….”

최근 10년 동안 코사카 아카네가 연재하는 작품이 만화 및 원작을 통틀어 매달 다섯 개를 밑돈 적은 없다. 게다가 매 시즌마다 애니메이션 기획에 참가했으며, 그뿐만 아니라 대작 RPG도 만들고 있다.

뭐, 한가하지 않다는 걸 증명한 바람에, 후자(파라노이아)일 가능성이 커진다는 게 좀 그렇지만 말이다.

“그건 그렇고, 에리리…… 너, 여러 가지 의미에서 엄청난 저 사람에게 용케도 맞서는구나.”

원래 알고 있던 인상과 실적, 그리고 오늘 처음 접한 그녀의 태도와 언동을 합친 결과, 나는 코사카 아카네라는 인물이 듣던 것보다 더한 괴물이라는 확신을 가질 수 있었다.

하지만 에리리는 그런 엄청난 괴물을 상대로 한 걸음도 물러서지 않으며 당당하게 맞섰다. ……에리리 주제에 말이다.

“맞서기는 무슨……. 그 녀석과 이야기를 하다보면 내가 가치 없는 인간이라는 생각이 들어. 예를 들자면, 남의 일러스트를 무단으로 올려서 RT와 팔로워를 모으려고 하는 자칭 일러스트레이터라는 이름의 쓰레기와 다름없다는 자기혐오에 빠질 때도…….”

“자기혐오는 말리지 않겠지만 이상한 예는 들지 마.”

……뭐, 이런 소리를 하고 있지만 말이다. 그래도 이렇게 자학을 할 수 있을 정도로 간이 커진 것이다. 에리리 주제에 말이다.

코사카 아카네는 몇 번, 몇십 번, 몇백 번이나, 에리리가 그린 캐릭터 원화에 실린 얼굴 및 몸 파츠의 조형부터 의상과 소도구의 설정 차이에 이르기까지 세세하게 지적하고, 비웃으며, 매도했다.

하지만 에리리는 그녀가 지적한 부분을 그 자리에서 순식간에 수정했고, 끈질기게 일러스트의 의도를 설명해서 납득시켰으며, 어떤 때는 분노를 터뜨리면서 「너는 내 그림을 이해할 안목이 없나 보네!」 하고 신이나 다름없는 존재를 향해 폭언을 퍼부었다.

……뭐, 마지막 말을 들었을 때는 내 심장조차도 얼어붙을 뻔했다.

하지만 에리리가 이치에 맞는(일부는 이치에 맞지 않지만) 대응을 한 덕분에, 결과적으로 상대방의 지적 중 7할 정도는 그녀의 뜻대로 되었다. 어찌어찌 최소한의 수정만으로 끝난 듯한 느낌이었다.

뭐, 그걸 전부 수정하려면 며칠은 걸리겠지만 말이다.

"뭐, 토모야에게 그렇게 보였다면……."

하지만 에리리의 얼굴은 졌다기보다 충실감을 느끼고 있는 것 같아 보였다.

"코사카 아카네에게도 지지 않는, 내 유일한 무기 덕분일 거야."

"무……기?"

"그림 한 장에 담겨 있는 정보량……이라는 거지."

"……뭐?"

그리고 방금 에리리가 한 말은, 겸손한 것 같지만 실은 매우 오만불손한 승리 선언이었다.

"뭐, 당연하다면 당연할 거야. 상대는 기본적으로 만화가잖아? 일러스트레이터가 그런 부분에서 질 수는 없다구."

확실히 만화가와 일러스트레이터에게 기본적으로 요구되는 스펙은 다르다.

만화가는 작화와 스토리와 연출을 혼자서 도맡아 해야 하기 때문에 다양한 능력이 필요하며, 스토리와 연출을 강조하기 위해 그림의 완성도를 일부러 떨어뜨릴 때도 있다.

하지만 일러스트레이터는 그림 하나만으로 승부하며, 또한 승부해야만 한다.

최종적으로 스토리와 연출을 살리기 위해 게임 원화를 부각시키지 않는 경우도 있지만, 그것은 디렉터가 결정할 일이다. 그러니 일러스트레이터는 그런 걸 신경 쓰지 않으며 그림 하나에 전력투구할 수 있다.

하지만…….

"……너, 자기가 얼마나 엄청난 소리를 하고 있는 건지 알기는 해?"

"나도 그림을 그리기 시작하고 10년 이상 지났어. 경력으로는 코사카 아카네에게 그렇게 밀리지는 않아."

"어이, 셈 자체가 완전히 틀렸거든?!"

상대방은『거물이 되고 나서 10년 이상 지난』것이다.

그리고『그림 한 장에 담겨 있는 정보량』에 있어서 저 거물 작가를 능가하는 사람조차도 손꼽을 정도밖에 되지 않는다는 것이 세간의 인식이다.

"뭐, 아무튼 그림 한 장만으로 비교한다면 내가 압도적으로 뛰어나."

"너……."

그러니 그런 거물을 능가한다고…… 적어도, 능가한다는 자부심을 가질 수 있다는 것만으로도 엄청난 일이다.

뭐, 객관적인 근거가 있다는 전제조건에서의 이야기지만 말이다.

"그렇지 않다면『그』코사카 아카네가 상업 데뷔도 하지 않은 나를 스카우트할 리가 없잖아?"

무엇보다 가장 무시무시한 점은 그『객관적인 근거』가 존재한다는 사실이다.

그것도 그럴 것이, 회의 중의 대화를 옆에서 들어보니, 『그』 코사카 아카네도 그 사실을 인정하고 있는 듯한 느낌이 들었다.

설정이나 표정, 이야기에 관련된 부분의 논의에서는 에리리가 밀렸다. 그리고 울먹거리면서 몇 번이나 일러스트를 수정했다.

하지만 그림 자체의 정보량, 그리고 이벤트 그림의 구도 등에 대해 이야기할 때면, 에리리는 강하고, 격렬하게, 억지를 부리며, 상대를 물어뜯었다.

그리고 그럴 때, 코사카 아카네는 한 걸음 물러서며 에리리의 의견을, 때로는 억지를 존중하는 태도를 취했다.

그때는 그녀가 입에 담는 『카시와기 선생님』이라는 말이 야유가 아닌 것처럼 들렸다.

"뭐, 조금만 긴장을 풀었다간 바로 추월당할 레벨이지만 말이야……. 이것 좀 봐!"

에리리가 내민 것은 자신이 그린 디자인화 위에 빨간색 펜으로 그려 넣은 수정 지시였다.

"디렉터가 이렇게 엄청난 걸 그린다니, 일러스트레이터로서는 죽을 맛이겠네."

"그렇지?! ……이걸 만화 전문 매장에 팔면 얼마나 받을 수 있을까?"

"……관둬."

……뭐, 원고 및 제작자료의 권리 운운은 일단 제쳐두기로 하고, 이것은 분명 내가 알고 있는 코사카 아카네의『작품』이다.

내가 매달 주먹을 말아 쥐고, 머리를 쥐어뜯고, 눈물을 흘리고, 또한 다음 전개를 상상하게 만드는, 그녀의 완성 작품 수준의 퀄리티를 지닌 그림이 에리리에게 도전하고 있었다.

에리리에게, 진지하게 도전하고 있는 것이다……. 『바로 그』 코사카 아카네가 말이다.

"솔직하게 말하자면…… 나, 쭉 걱정했어."

"뭘?"

"에리리가 자근자근 짓밟히고, 몇 번이나 다시 그려서 제출해도 매번 퇴짜를 맞는 바람에, 작업 진도가 도통 나아가지 않아서 우에에에에엥~ 하고 울지는 않나 싶었거든."

"헛소리하지 마아아아아~!"

에리리는 농담을 하는 나를 향해 트윈 테일 따귀를 날렸다.

하지만 앉은 자세에서, 그리고 밤샘 직후에 날린 그 공격에는 회전력이 가미되어 있지 않았다. 그저 가볍게, 내 볼에 닿기만 했다.

옛날에는 자주 접했던 그 모습을 보며 그리움을 느끼면서도, 그와 동시에 샘솟아 오르는 감정 탓에 내 가슴은 울컥했다.

에리리는 역시 성장했다.

내 상상과 예상과 기대 따위는 코웃음 칠 수 있는 레벨을 향해 성큼성큼 나아가고 있었다.

그리고, 그런 에리리를, 코사카 아카네도 인정한 것이다.

내가 생각했던 것보다 『세 사람』의 톱니바퀴는 잘 맞아 들어가고 있었다.

그렇기에 나는 에리리가 대단해졌다는 사실 때문에 느낀 기쁨을, 멀어져간다는 사실 때문에 느낀 쓸쓸함을, 옛날처럼 농담으로 얼버무리려 했다.

"진짜로 나는 몇 번이나 봤다고."

"응~? 뭘 말이야?"

"코사카 아카네에게 괴롭힘을 당한 에리리가 「카, 카스미가오카 우타하~!」 하고 외치며 우타하 선배의 품에 안기는 꿈을 말이야."

"윽……."

"……에리리?"

그 순간, 에리리는 내가 전혀 예상하지 못한 리액션을 취했다.

분노의 트윈 테일 따귀를 날리지도, 기분 나쁘다는 듯이 경멸 어린 시선을 보내지도, 정곡을 찔린 탓에 얼굴을 새빨갛게 붉히지도, 부끄러움을 감추려는 듯이 툴툴대지도 않았다.

“저, 저기, 토모야.”

“응?”

“실은, 이런 말을 하고 싶지 않지만…….”

그것은 미세한…… 정말 미세한 변화였지만…….

왠지, 얼굴이 파랗게 질린 것처럼, 표정이 딱딱하게 굳었다.

“너는 지금 바로 이 방에서 나가는 편이 좋을 거야.”

그리고 왠지, 슬픔이 어려 있는 듯한…….

“식당에서 아침을 먹고, 딴 애들과 합류해서, 옷 갈아입고 바다에 가서, 하, 하렘을 만끽하도록 해……. 으, 으으으, 하, 하, 하, 하렘 말이야!”

“아니, 그렇게 무리해가면서 그 말을 하지 않아도 되는데…….”

“아, 아, 아무튼! 뒷일은 나에게…… 우리에게 맡기고, 너는, 당초 예정대로 합숙을 하러 가!”

“갑자기 왜 그러는 거야?”

에리리의 태도가 느닷없이 딱딱하게 굳어지자, 나는 당황했다.

“으음, 그게…… 그러니까, 저기, 간단하게 말해…….”

“……에리리?”

하지만 에리리가 나보다 더 당황했다는 것이 확연하게 느껴졌다. 그렇기에 나 또한 당황하고 말았다.
"왜, 왜냐면…… 너도, 보고 싶지 않지? 저기……."
"뭘 말이야?"
나는 그렇게 말하면서 에리리의 시선을 좇았다.
그녀의 시선은 벽에 걸린 시계를 향하고 있었다.
곧 6시 10분을 가리키려 하고 있는 그 시계는 이 휴식 시간이 곧 끝난다는 사실을 우리에게 알려줬다.
"하지만, 만약, 네가 이 방에서 나갈 생각이 없다면……."
그리고 에리의 시선은…….
"끝까지, 도망치지 마. 고개를, 돌리지 마."
겨우 10분 동안의 휴식을 탐닉하듯, 깊이 잠든 여성을 향했다.
"그리고 가능하다면…… 전력을 다해 지켜줘."
"지켜주라니…… 그게 무슨……."
"나도 최선을 다할 거야. 하지만……."
"오래 기다렸지~? 그럼 다시 시작해볼까~?"
"으……."
"아……."
에리리가 다음 말을 입에 담으려던 순간…….
큰 소리를 내며 장지문이 열리더니, 무알코올 맥주를 병째로 들이마시면서 코사카 아카네가 방에 들어왔다.
"다음은 시나리오 체크네. 카스미 선생님, 잘 부탁해~."

"……으음."

코사카 아카네는 우타하 선배의 어깨를 두드려 깨우더니, 테이블 위에 또 서류를 펼쳤다.

에리리는 후회가 섞인 듯한 표정을 지으면서 회의 준비에 착수했다.

그녀는 결단을 강요하듯 나를 여전히 쳐다보고 있었다.

하지만 나는, 에리리의, 저 눈빛에 담긴 의도를, 이해하지 못했고…….

결국 아무런 각오도 하지 못한 채, 이 자리에 남아 있고 말았다.

그리고 재판…… 아니, 후반전이, 시작되었다.

나는, 그 순간까지, 전혀 눈치채지 못했다.

위의 오타(재판)가 실은, 오타가 아니라는 사실을…….

※ ※ ※

"아, 아, 아……."

"……."

말문이 막힌 채, 그저 거친 숨만 내쉬는 나를, 에리리는 안쓰러운 듯이 힐끔힐끔 쳐다보고 있었다.

하지만 나는 그녀의 배려를 눈치채지 못한 채, 눈앞에 펼쳐진 광경을 받아들이지도, 흘려 넘기지도 못하며, 그저 쳐다만 보고 있었다.

"재미없어~! 완전 재미없다구~! 카스미 선생님, 이딴 걸 시나리오라고 쓴 거야?"

"크…… 어, 어디가 재미없다는 거야?"

이 격류를 온몸으로 맞고 있는 사람은, 내가 아닌데도 말이다…….

시계를 보니, 일곱 시가 지났다.

회의를 다시 시작하고 한 시간밖에 지나지 않은 것이다.

하지만, 나는 이 시간이 영원처럼 느껴졌다.

……몇 년 동안 고문을 계속 당하고 있는 것처럼 느껴졌다.

"당신, 내 시나리오가 그렇게 재미없다는 거야……?"

"그래~. 완전 쓰레기네."

"뭐……."

"중반까지는 어찌어찌 읽어줄 만하다고 생각하며 참았어. 하지만 이 마무리는 최악이라고."

이게 몇 번째 비난인 걸까…….

"용케도 이런 걸 유저들에게 보여주자고 생각했네. 혹시 빨리 남친과 러브러브하고 싶다는 생각 쪽에다 머릿속 리소스를 전부 쏟아부은 거야~?"

이 회의의 후반전은 험악한 분위기에서 시작되었다.

코사카 아카네는 한 손으로 움켜쥘 수도 없을 만큼 두꺼운 시나리오 다발을 테이블에 내던지더니 「정신 어디 팔아먹은 거야?!」 하며 우타하 선배를 비난했다.

"나, 나는, 창작을 하면서, 단 한 번도 타협을 해본 적이, 없어……."

"흐음, 그럼 능력이 부족한 거구나~. 그게 더 문제네."

"아냐……. 아냐……!"

그리고 우타하 선배는…….

이지적이고, 음흉하며, 과격한 데다, 장난을 좋아하고, 항상 여유가 넘치며, 나와 에리리를 놀리지만, 연상다운 상냥함으로 우리를 감싸주기도 하던, 여성은…….

지금, 자기보다 나이가 많고, 자기보다 음흉하고, 자기보다 과격한 여성 앞에서, 대꾸 한 번 제대로 못 하며 딱딱하게 굳어 있었다.

"어이! 적당히 좀 해, 코사카 아카네! 우리는 네 스태프잖아?! 구체적으로 문제점을 지적하며 이성적으로 이야기하란 말이야!"

……에리리보다도 믿음직하지 못하고, 왜소하며, 덧없어 보였다.

"으음~, 가능하면 시나리오라이터의 영역에 참견하고 싶지 않은데 말이야. 카스미 선생님의 테이스트를 해칠 수도 있거든."

그래…… 그랬구나…….

그래서 에리리는 나에게 『이곳을 떠날 것인지, 아니면 지킬 것인지』 선택하라고 말한 건가.

그래서 코사카 아카네와 함께 방을 나섰던 이오리가 돌아오지 않은 건가.

"하지만 어쩔 수 없지. 이 쓸모없는 시나리오라이터에게는 갓난아기 대하듯 손짓 발짓 하나하나까지 가르쳐주는 수밖에 없겠어."

"~~~큭."

……이 지옥을, 어느 정도 예상했던 것이다.

"어이, 카스미 선생님……. 너, 왜 주저한 거야? 왜 페르난도의 숨통을 끊지 않은 거지?"

"그건…… 그에게도 동정 받을 이유와 역사가 있으니까……."

"흐음?"

"이 싸움은 단순한 영토 분쟁도, 순수한 복수도 아냐. 그가 세계를 적으로 돌린 경위에도 충분히 설득력을 줬다고 생각해."

"그래서?"

"그러니 진정한 적은 존재하지 않아. 그 누구도 나쁘지 않지만, 누구나 다 나쁘다고 할 수도 있어……."

우타하 선배가 이야기하고 있는 것은 『필즈 크로니클 XIII』의 종반부…… 특히 라스트 보스와의 최종 결전 부분에 관한 내용이었다.

이 게임의 라스트 보스는 백 년 전, 주인공들의 나라가 왕족에게 지배를 당하고 있던 시대에, 귀족이자 마술사였던 엘 페르난도 경이다.

주인공 일행은 적국의 침공과 역병의 만연, 그리고 자연재해의 원인을 조사하던 와중에 그 이면에 고대의 대마술사가 존재한다는 사실을 눈치챘다.

그리고 고난 끝에 그와의 최종 결전을 벌이게 되었고, 결국 알게 됐다.

그의, 슬픈 과거를…….

백 년 전, 왕에게 미움받고, 배신당해, 소중한 여동생을 잃은 끝에, 그가 복수를 맹세했다는 사실을…….

그리고 최종 결전이 시작되었다…….

사력을 다해 페르난도 경을 쓰러뜨린 주인공 일행은 무너지는 성 안에서 세계의 비틀림에 삼켜지려 하는 그를 향해 손을 뻗었다.

하지만 페르난도 경은 그 손을 잡기 위해 한 번은 자신의 손을 내밀지만, 결국 평온한 미소를 지으며 손을 내렸다.

마지막에는 자신의 마력으로 세계의 비틀림을 봉인해서, 이 세상을 구원…….

“재미없어~. 완전 재미없다구~.”

“이유가 뭐야……?”

대체 이유가 뭐냐고…….

이렇게 재미있잖아…….

카스미 우타코의 테이스트가 잔뜩 실려 있잖아…….

“좋아. 구체적으로 지시해주지……. 페르난도를 갈가리 찢어서 마물에게 먹이로 줘버려. 아니면 구원해서 영원토록 행복하게 살게 해줘.”

“야, 양쪽 다 무리야……. 지금까지 쌓아온 스토리의 근간이 무너질 거야.”

맞아. 이미 완성이 됐잖아.

복선도 철저하게 깔면서, 정성들여, 섬세하게 완성시켰잖아.

그걸 어떻게 무너뜨려…….

“그럼 카스미 선생님이 말하는 『근간』이라는 걸 다 박살내고 전부 다시 써. 딱 2주만 기다려줄게.”

“헛소리하지 마……!”

"헛소리를 하고 있는 건, 근거와 자신감도 없이 디렉터를 향해 그딴 소리를 지껄여대고 있는 너 같은데?"

왜 이 사람은 그런 간단한 것도 이해하지 못하는 걸까…….

"실은 불쌍한 최종 보스? 마지막에 가서 개과천선? 하지만 구원받지도 못해? 살짝 해피? 살짝 씁쓸? 어른스러운 결말? 하하. 하하하하하~. 재미라고는 눈곱만큼도 없네~."

왜 비웃는 거지?

어른스러운 결말이 뭐가 잘못된 거지?

그러는 너도 어른이잖아?

"전부 어중간해! 마치 날이 상한 면도칼이야. 유저에게 미묘한 스트레스만 안겨준다구. 상쾌함도, 절망감도 느껴지지 않아. 진짜로 아무것도 없어!"

유저의 감정을 자극하는 게 바로 창작이잖아?

충분히 자극했다고.

확실하게, 먹혔다고.

"미묘하게 씁쓸하고, 미묘하게 잔인하며, 미묘하게 시큼하고, 미묘하게 달달해……. 네 시나리오는 숨김맛 범벅이잖아! 엔터테인먼트를 얕보는 거야?"

그 미묘한 쓴맛이야말로 카스미 우타코의 테이스트야.

행복의 너머에 존재하는 한줌의 슬픔이…….

비극의 너머에 존재하는 한줌의 희망이…….

그것이 바로, 이 시나리오의 진수란 말이야…….

"이런 게 이야기에 깊이를 안겨준다고 생각하나 본데, 내가 보기에 이건 깊이가 아니야. 잡다한 맛이 지나지 않아~."

너는 그저 자신의 취향을 고집하고 있을 뿐이잖아.

그저, 감성이 맞지 않는 것뿐이잖아.

그걸 눈치채지 못하고 카스미 우타코를 기용한 네가 전면적으로 잘못한 거잖아…….

"유저를 울리고 싶다면 뻔뻔할 정도로 철저하게 공략해! 그럴 수 없다면 철저할 정도로 무미건조한 텍스트로 담담하게 묘사하는 편이 훨씬 나아."

이제, 됐잖아…….

"꼬일 대로 꼬인 녀석들이 코웃음을 칠 만한, 자칭 평론가들이 거부 반응을 보일 듯한, 올곧고, 뻔뻔하며, 원 패턴인 시나리오를 써!"

왜, 아무 말도 하지 않는 거야.

왜, 화내지 않는 거야.

"플레이한 사람 중 7할이 엉엉 울고, 3할이 혐오감을 느낄 만한 이야기를 써!"

고함을 치라고, 우타하 선배.

그리고, 나…….

"9할에게 갈채를 받을 듯한 마니아 취향의 시나리오 따위는 필요 없어~. 유저들이 그딴 게임에 빠져들 거라고 생각해?"

그래. 내가 고함을 질러야 해.

제삼자인 내가, 이 프로젝트와 아무런 연관이 없는 내가, 코사카 아카네에게 반박해야만 한다고.

"……페르난도를 나라고 생각해."

하지만, 그럴 수 없었다.

눈앞에 존재하는 그녀의 열정에, 농락당한 것이다.

"네 캐릭터로, 내 사악함을, 뛰어넘어 봐."

그 코사카 아카네가, 진심으로 매도하고 있는 것이다.

"그러면 진심으로 갈가리 찢을 수 있겠지? 웃으면서 난도질할 수 있겠지?"

그건, 크리에이터라면…….

그리고 크리에이터를 목표로 삼고 있는 자라면, 눈을 돌려서는 안 될, 귀를 막아서는 안 될, 신의 복음일지도 모르는 것이다.

"아니면, 나를 영원토록 행복하게 해줄 거야? 아하하하, 아하하하하하~."

설령 그 복음 안에 사람의 마음을 좀먹는 저주가 담겨 있을지라도…….

제5장

이번 권의 합숙 묘사는 이걸로 끝입니다. 진짜입니다.

열차에서 내린 사람들이 개찰구로 향하자, 플랫폼에는 우리 네 사람만이 남아 있었다.

"다음 특급 열차를 탈 수 있을 것 같네요."

"……."

"집에 도착하면 연락 주세요."

"……."

"참, 내일 이후의 숙박을 취소했잖아요? 숙박비 중 절반은 돌려준대요. 다음에 만났을 때 드릴게요."

"……."

"……으음~."

우타하 선배는 나와 함께 낡은 벤치에 앉아서 바다와 온천에서 피어오르는 김을 쳐다보고 있었다. 그녀는 호텔을 나선 후로 단 한 마디도 하지 않았다.

그리고 그런 우리를 메구미와 에리리가 약간 떨어진 곳에서 걱정스러운 눈길로 쳐다보고 있었다.

그 노도 같은 회의는 결국 아침 여덟 시에 끝났다.

하지만 시나리오에 관한 모든 체크를 마치고, 다음 방향성이 결정되었기에 끝난 것이 아니다.

결정된 것은 『2주 후에 다음 회의를 한다』는 사실과…….

……『수정할 부분을 지정하지 않는다』는 것뿐이었다.

즉, 우타하 선배는 구체적인 지적 없이 그저 대대적인 수정 지시만 받은 채 망망대해에 내던져진 것이다.

그런 무자비한 판결을 내린 코사카 아카네는 허둥지둥 차에 탔다.

그리고 믿기지 않게도, 망연자실한 표정으로 자신을 배웅하는 우타하 선배를 향해 「카스미 선생님, 내 차에 탈래?」 하고 아무렇지도 않게 물었다.

즉, 코사카 아카네라는 인물은 그런 짓을 해놓고도 우타하 선배를 전혀 거북하게 여기지 않고 있는 것이다.

……또한, 우타하 선배에게 『휴가는 끝났어』라는 선고를 내린 것이다.

"……윤리 군, 미안해."

"……뭐, 가요?"

우타하 선배는 오래간만에 입을 열었다.

"너희의 합숙에 찬물을 끼얹었어……. 정말, 미안해."

"아, 저기…… 나한테 사과하지 말고, 에리리에게 고맙다는 말을 해요."

코사카 아카네가 돌아간 직후, 우타하 선배는 서둘러 돌아갈 준비를 마치고 프런트로 내려왔다.

하지만 혼자 돌아갈 생각이었던 그녀를, 당연하다는 듯이 체크아웃을 마친 에리리가 짐을 든 채 기다리고 있었다.

"사와무라 양에게는…… 그런 소리를 할 필요 없어. 그녀는 지금까지 나한테 신세를 많이 졌거든."

"그럼 밉살스러운 소리라도 한마디 해줘요."

"……그럴게."

우타하 선배는 그렇게 말한 후, 고개를 숙이며 다시 입을 다물었다.

축제 당일의 아침처럼 시끌벅적했던 도쿄 역에서의 일들이 겨우 24시간 전에 있었던 거라는 사실이 도저히 믿기지 않았다.

우타하 선배는 평소처럼 요염하게 도발을 했고, 에리리는 평소처럼 격렬하게 얼간이가 되었으며, 메구미는 평소처럼…… 아니, 드물게도 암흑화를…….

작년과는 아주 조금 달라졌지만, 아주 조금만 달라졌던 동료들과의 대화가, 그립고, 기쁜데도…….

이제, 그 추억조차, 과거의 추억으로서 풍화되어버리는 것일까.

“저, 저기…… 하나만 물어봐도 돼요?”
“……뭔데?”
내가 용기를 내서 질문을 던지자, 우타하 선배는 약간 머뭇거리며 대답했다.
“코사카 씨와의 회의는…… 항상, 그런 느낌인 거예요?”
“프로의 일터에서는 흔히 있는 일이야. 딱히 신경 안 써.”
“그…… 그런가요.”
나는 그렇게 말했지만, 우타하 선배가 허세를 부리고 있다는 것이 훤히 느껴졌다.
내가, 그녀의 거짓말을, 이렇게 간단히 눈치챈 적은, 지금까지 단 한 번도 없었다.

『소설가』인 카스미 우타코는 지금까지 이렇게 나쁜 취급을 받은 적이 단 한 번도 없을 것이다.
데뷔작 때부터 그녀를 담당해온 편집자, 마치다 씨는 항상 우타하 선배를 우선적으로 생각했고, 존중했으며, 최선을 다해 그녀를 챙겨줬다.
한두 번 정도 두 사람이 회의하는 모습을 본 적이 있다. 당시에 우타하 선배가 삐치기도 했고, 마치다 씨가 선배를 놀리기도 했지만, 두 사람은 진지하게 대화를 나눴다. 마치

자매 같은 관계를 이루고 있었던 것이다.

"그래. 신경 써봤자 아무 소용없어……. 내가, 잘못했으니까 말이야."

"어째서요? 우타하 선배는 마감을 지켰다고……."

"하지만 퀄리티가 목표치에 도달하지 못했어."

"어……."

"그러니 잘못한 사람은 나야……. 내가, 재능이 없는 내가, 잘못한 거야."

그렇다. 마치다 씨라면 이런 식으로 작가가 콤플렉스를 느낄 정도로 자근자근 짓밟을 리가 없다…….

"윤리 군은 모르겠지만 말이야. 사와무라 양은 요즘 마르즈의 스태프들 사이에서 평가가 점점 좋아지고 있어. 그리고 게임 잡지와 HP에 새로운 비주얼을 발표할 때마다 유저들의 기대치도 쑥쑥 상승하는 것 같아."

"흐, 흐음, 대단하네요……. 그 에리리가 말이에요."

"하지만, 내 시나리오는 아직 누구도 인정해주지 않았어."

"그, 그야, 시나리오는 게임이 발매되어야 제대로 된 평가를 받을 수 있으니까요."

"그 이전의 문제야……. 아직 홍보 쪽 사람들에게 전달되지도 않았어. 코사카 씨의 체크를 통과하지 못했거든."

"뭐……."

그리고 마치다 씨라면, 작가의 성과물을, 이렇게 함부로 취급하지 않을 것이다…….

이건 자멸이나 마찬가지 아닐까?

디렉터로서 해서는 안 되는 짓…… 크리에이터의 모티베이션을 괴멸시키는 짓 아닐까?

"나…… 연애물밖에 못 쓰는 뜨금포 작가로 여겨지는 것 같아."

"그…… 그렇지 않아요."

그 사실을 증명하듯, 이렇게 약해빠진 우타하 선배는 지금까지 단 한 번도 본 적이 없다.

"선배가 쓴 현대 판타지물도…… 『cherry blessing』도 엄청 재미있었어요. 그러니 분명 판타지 전쟁물도 재미있게 쓸 수 있을 거예요."

"……그 사람은 네가 쓴 이야기 속에 존재하는 가공의 히로인인 나, 일지도 몰라."

"그럴 리가……."

"삼각관계도, 하렘 러브코미디도, 현대 판타지물도, 판타지 전쟁물도, 뭐든 다 쓸 수 있었던 천재 여고생 작가……."

부정적인 발언을 많이 하는 것은 하루 이틀 일이 아니지만, 적어도 자기 자신에 대해서는 항상 자신만만하고, 대담하며, 불손할 뿐만 아니라, 멋진…….

"하지만, 대학생이 된 순간, 도금이 벗겨졌어……. 이제 재능이 말라버린 걸까. 아니면 처음부터 잠재력이 없었던 걸까…….”

그래서 항상 거무튀튀했지만, 그래도, 그렇기 때문에, 찬란히 빛났다.

“이런 내가 히로인이…… 윤리 군이 만드는 게임의 히로인이 될 수 있을, 리가, 없어.”

“그럴 리가…… 그럴 리가…….”

열차가 곧 도착한다는 안내 방송이 들렸다.

그에 이끌리듯, 역에 들어오고 있는 차량이 눈에 들어왔다.

그 순간은, 아이러니하게도, 이야기 속의 한 장면 같았다.

하지만 그것은 우리가 원한 이야기와는 조금 달랐다.

마치, 히로인과의, 작별 장면 같았던 것이다.

“네 기대를 저버리며, 이렇게 신의 자리에서 쫓겨나서 미안해.”

우타하 선배와 나는 예전에도 비슷한 상황에 처한 적이 있었다.

그때마다, 화해, 아니, 원래 관계로, 어찌어찌 되돌아갔다.

“자신감을 송두리째 잃고, 이렇게 못난 모습을 보여서 미안해.”

하지만, 그렇다고 해서, 항상, 예전 같은 사이로 되돌아갈 수 있다는 보장은 없다.

그렇기에, 결국 이런 순간에는 지금까지 해온 경험이 전혀 도움이 되지 못했다.

뭘 하면 좋을지, 어떤 말을 건네면 좋을지, 전혀 감이 오지 않았다.

『우타하 선배는 아무 잘못 없어. 잘못한 사람은 선배를 인정하지 않는 코사카 아카네야.』

그런 뻔하디 뻔한 소리도 하지 못했다.

왜냐면, 그게 변명에 불과하다는 사실을 알고 있기 때문이다.

그저, 『나는 아무 잘못 없다』고…….

『나는 우타하 선배를 지키지 못했지만, 그래도 나한테는 아무런 잘못도 없다』라고 말하고 싶은 것뿐이다.

"그럼, 잘 있어……."

열차의 문이 열린 순간, 우타하 선배는 나한테 눈길조차 주지 않으며 차량 안으로 들어가더니, 내 쪽에서 등만 보이는 자리에 앉았다.

잠시 후, 메구미와 작별 인사를 나눈 에리리가 우타하 선배의 뒤를 따르듯 내 옆을 지나갔다.

"우타하 선배를 잘 부탁해."

"나만 믿어."

에리리와 나눈 대화는 그게 전부지만, 그 시간과 문장 이

상의 정보와 감정을 교환한 것 같은 느낌이 들었다.

문이 닫히자, 열차는 천천히 플랫폼을 벗어났다.

여전히 나에게 등을 보이고 있는 우타하 선배, 그리고 나를 향해 손을 흔드는 에리리의 모습이 서서히 멀어져갔다.

내 옆에는 두 사람을 향해 손을 흔드는 메구미가 있었다.

역시, 이 순간은, 이야기 속의 한 장면 같았다.

그리고, 새드 스토리의 정서가 짜증 날 정도로 가득 담겨 있는 것처럼 느껴졌다.

※ ※ ※

"도쿄에 도착하면, 미팅을 가지자."

"……."

"둘이서 그 녀석의 콧대를 눌러줄 작전을 짜는 거야."

"……."

"걱정하지 마! 너라면, 분명 그 녀석한테 이길 수 있어!"

"……읍."

"코사카 아카네 따위에게…… 그 누구에게도, 지지 않는 시나리오를, 쓸 수 있어……."

"으…… 으, 아……."

"아……."

“아아아아아…… 으, 흑…….”

“……”

“으, 으, 으…… 아, 아, 아아아아아아아아.”

“용케도 열차에 탈 때까지 참았네……. 고집 하나는 끝내주게 세다니깐.”

제6장

이번 권의 본처 묘사는 이걸로 끝입니다. 진짜입니다.

"으음~, 여기서부터는『유카타』구나……."

방 안에 있는 컴퓨터 모니터 화면에는「오오, 이거이거……」같은 소리가 절로 나올 듯한 섬네일 이미지가 대량으로 표시되어 있었다.

그 이미지들을 선별해서 폴더 안의『해수욕』,『노천 온천』같은 음란한 느낌이 감도는 이름의 서브 폴더에 집어넣는 것이 오늘 내가 해야 하는 중요 및 중차대한 미션이다.

……참고로 오늘은 서클 여름 합숙을 마치고 돌아온 다음 날의 오후다.

밤늦은 시간에 지친 몸을 질질 끌며 집에 도착한 나는 그대로 침대에 쓰러졌다. 그리고 오늘 오전은 체력 회복에 투자한 후, 해가 중천에 떴을 즈음에야 이렇게 활동을 재개했다.

"……이 구도는 써먹을 수 있을 것 같네. 따로 분류해둬야지."

합숙은 별 탈 없이 끝났다.

뭐, 첫날부터 둘째 날 아침 사이에 벌어진 소동 때문에 그렇게 생각하지 않는 사람이 있을지도 모르지만, 진짜로 별 탈 없이 끝났다고.

나도, 메구미도, 이즈미도, 미치루도, 겸사겸사 이오리 또한 둘째 날 오후부터 그룹 여행을 만끽…… 아니, 서클 합숙에 진지하게 임했다.

이즈미의 수영복 이벤트 원화용 자료도, 내 온천 이벤트용 자료(사진 없음, 문장뿐)도 이렇게 대량으로 모았다.

이즈미는 사진을 찍을 뿐만 아니라 현지에서 직접 본 것을 마구 스케치했으며, 현지에서 조달한 것까지 포함해 총 일곱 개의 스케치북을 자신의 스케치로 가득 채웠다.

미치루는 바비큐와 불꽃놀이, 그리고 한밤중의 운동(이상한 쪽으로 생각하지 말 것) 때문에 가장 바빴지만, 그러는 와중에도 오선지에 열 곡 이상의 타이틀과 음표를 새겼다.

이오리는…… 이번 합숙 때 그 녀석이 암약하면 여러모로 문제가 발생할 것 같았기에 자제하게 했지만, 그래도 그녀들이 쾌적하게 지낼 수 있도록 지원을 하느라 여념이 없었다.

메구미는…… 뭐, 그녀 또한 평소와 마찬가지로 의도하지 않는데도 남들 눈에 잘 띄지 않는다는 특성을 살려 주위의 배경에 녹아들거나, 이오리와 딱 마주치지 않도록 절묘하게 역할 분담을 하며 다른 이들을 도왔다.

그리고 나는…… 아, 오해할까 싶어 말해두는 건데, 충분히 활동적이었고, 충분히 즐겼다고.

바다에서는…… 여성 멤버들의 수영복 묘사 등은 생략하겠지만, 해수욕 이벤트 취재 활동에 적극적으로 임했다.

모래사장에서는 모래에 파묻혔고, 수박 깨기, 비치발리볼, 바비큐, 불꽃놀이 등도 했으며, 모래성 또한 만들었다.

뭐, 미치루가 다양한 의미에서 그것들을 전부 끝장냈던 것 같은 느낌이 들지만 말이다.

먼 바다까지 헤엄치기도 했고, 고무보트도 저었으며, 잠수 오래하기 경쟁도 했다.

뭐, 물에 빠져야 발생하는 인공호흡 이벤트만큼은 위험도가 높아서(미치루가 지금까지 저질렀던 짓들에 비춰볼 때) 생략했지만 말이다.

그 외에도, 인적 없는 바위 밭이라든가, 심야의 모래사장, 적당해 보이는 대나무숲…… 같은 건 없었지만, 미소녀 게임 이벤트가 일어나기에 좋아 보이는 장소는 얼추 둘러봤다.

뭐, 신변이 위험해질 것 같았기에(자타공인), 미치루…… 아니, 여자애들과는 같이 가지 않았지만 말이다.

아, 정정하겠다. 이오리와도 같이 가지 않았어. 혼자 갔다고.

그리고 여관에서는 게임을 하며 심야 토크를 했고, 바나나악어 공원에서는 너구리판다 토크를 했다. 게임 서클 대표로서만이 아니라, 평범한 서클의 대표『다운』활동도 했다고 자부한다.

뭐, 이렇게 글로 쓰고 보니 오타쿠 서클이 아니라 섹○ 서클 같아서 무시무시하네.

그렇다. 우리는, 해냈다.

연말 겨울 코믹마켓에 내놓을, 최고의 미소녀 게임을 만들기 위한, 최강의 합숙을 말이다.

"……아."

해냈기 때문에, 첫날에 찍은 사진이 문득 눈에 들어온 순간, 문뜩 생각하고 말았다.

대량의 사진 데이터 중 10퍼센트 정도에만 모습이 담겨 있는, 금발 트윈 테일 소녀와 흑발 롱헤어 여성.

우타하 선배

그리고 지금은, 그중, 후자인, 새초롬한 표정의 흑발 미녀를…….

"토모야 군."

역에서 헤어진 선배가 집에 잘 도착했다는 것은 에리리의 연락을 통해 알고 있다.

하지만 그 후에 몇 번이나 메일과 전화로 연락을 취했지만, 그녀는 답장을 하지도, 전화를 받지도 않았다.

"……토모야 군?"

이렇게 연락이 되지 않으니, 여러모로 곤란했다.

그것도 그럴 것이, 그녀에 대한 최신 정보가 갱신되지 않자, 가장 최근에 접한 그녀의 표정과 목소리만이 계속 머릿속에 떠오르는 것이다.

『네 기대를 저버리며, 이렇게 신의 자리에서 쫓겨나서 미안해.』

『자신감을 송두리째 잃고, 이렇게 못난 모습을 보여서 미안해.』

내가 아는 우타하 선배와는 다른, 약하고, 덧없으며, 여리디여린, 비극의 히로인으로 덧칠된…….

"……에잇."

"끄아아아아아아아아아아아아아아아아아~~~!"

……내가 사흘 동안의 일을 떠올리고 있을 때, 느닷없이 목덜미에서 열기를 동반한 격렬한 고통이 느껴졌다.

"아, 미안해. 눈앞에서 덜렁거리는 게 신경 쓰였거든."

"카토오오오오오오오~! 메구미~."

고통 때문에 눈물을 찔끔 흘리며 고개를 돌려보니, 메구미가 내 등 뒤에 서 있었다.

……오른손 손가락으로 3제곱센티미터 정도 되는 크기의 거무튀튀한 피부를 쥔 채 말이다.

"이럴 것 같아서 내가 자외선 차단 크림을 바르라고 했던 거야. 이 상태에서 목욕을 했다간 지옥을 맛보겠네."

"그렇게 나를 걱정해주는 사람이 내 피부를 잡아 뜯어?! 그거 완전 반칙 아냐?!"

메구미는 아무렇지도 않게 내 피부를 잡아 뜯어서, 그걸 잠시 동안 감상하더니, 아무 일도 없었다는 듯이 쓰레기통에 버린 후, 평소처럼 선반에서 노트북을 꺼내서 전원을 켰다.

"대, 대체 왜 내 등 뒤에 서 있었던 거야? 나는 너를 스텔스 여자애로 키운 적 없어. 뭐, 네가 멋대로 그렇게 성장했지만 말이야."

"흐음, 메일을 해도 답장이 없기에 초인종을 눌러서 너희 어머니에게 문을 열어달라고 한 다음, 문에 노크를 했는데도 반응이 없기에 「들어갈게~」 하고 말하며 방에 들어온 후, 네 뒤편에 서서 두 번이나 말을 건 내가 잘못한 거구나. 미안해."

"……피부를 잡아 뜯지는 말았으면 했어. 이 주장만은 꼭 해야겠다고."

참고로 메구미는 자외선 차단 크림을 바른 덕분에 참상을 면했으니, 똑같은 방법으로 복수하는 건 무리일 것 같았다.

……하지만 자외선을 완벽하게 차단하지는 못했는지, 민소매 티 밖으로 드러난 어깨와 목덜미의 희미하게 탄 피부가 요염…… 아니, 애처로워 보였다.

"그런데, 무슨 일이야? 오늘은 모이기로 하지 않았잖아."

메구미가 갑작스럽게 찾아오기는 했지만, 상대가 상대인 만큼 나는 딱히 긴장하거나 당혹스러워하지 않았다. 그리고 방구석에 있는 편의점 비닐봉지에서 차가 들어 있는 페트병과 과자를 꺼내 테이블 위에 놓으며 그녀에게 방문 목적을 물었다.

"뭐, 상의할 일이 좀 있었거든."

메구미 또한 딱히 긴장하거나 뭔가를 각오한 것처럼 보이지 않았다. 그녀는 팝콘을 먹고, 차를 마시면서 자신이 찾아온 이유를 대충 밝혔다.

"……그리고, 아키 군. 차가 미지근해."

"그게 불만이면 직접 부엌에 가서 얼음을 가져와."

또한, 방에 방치해둔 음료수가 미지근하다는 사실을 언급하는 것도 잊지 않았다.

"그건 그렇고, 여름 코믹마켓도 이제 한 달밖에 남지 않았네."

메구미가 『상의』라는 단어를 입에 담은 순간, 나는 이 녀석이 찾아온 목적을 눈치챘다.

우리의 서클인 『blessing software』는 사실 다음 달에 개최되는 여름 코믹마켓에 부스를 낼 예정이다.

신작 게임은 겨울 코믹마켓 발매를 목표로 진행 중이며, 게임 그 자체를 내놓을 예정은 없다.

하지만 신임 프로듀서(이오리)는 겨울 신작에 맞춘 프로모션을 이번 여름 코믹마켓에서 대대적으로 시작하겠다는 방침을 내놓았다.

합숙 때 들은 이야기에 따르면 『icy tail(미치루네 밴드)』의 멤버들과 함께 홍보 PV를 만들고, 원화가(이즈미)에게 설정 자료집을 카피 책으로 준비하게 하며 준비에 여념이 없는 것 같았다.

"하지만 그쪽은 이오리에게 전부 맡겼으니까 나와 상의할 필요는 딱히 없을걸?"

게다가 지금 내 머릿속을 가득 채우고 있는 것은 여름 코믹마켓이 아니다.

아니, 나는 대표이니 서클을 최우선적으로 생각해야만 할 것이다. 그게 고등학교 3학년이 할 일인지에 관해서는 노코멘트를 하겠지만 말이다.

"아, 그쪽이 아니라……."

메구미는 미지근하다며 불평을 늘어놓던 차로 목을 적신 후, 요즘 들어 익힌 『뭐든 다 안다』는 듯한 표정을 지으며 장난스럽게 나를 쳐다보더니…….

"2주 후의 마감에 맞춰 뭘 할 건지에 대해 상의하려고 온 거야."

……최근에 익힌, 크리티컬 공격을, 화끈하게 선보였다.

"무, 무무무무무~슨 소리를 하는 거야~?!"

"맞아. 대체 무슨 소리를 하는 걸까?"

"으……."

참고로 이 공격을 회피하는 것은 불가능하다.

얼버무리는 것도 불가능하며, 변명을 늘어놓는 것도 불가능하다.

메구미의 눈은 완벽하게, 내 마음속 깊은 곳을 꿰뚫어 보고 있었던 것이다.

"……그쪽 마감은, 우리 서클과, 아무 상관없어."

"그래."

그렇기에, 주어(우타하 선배)를 생략해도 메구미는 내가 무슨 말을 하는지 알아들었다.

"우리 서클에서, 나가버린 사람의, 문제야."

"맞아."

"우리보다, 훨씬 앞서 나가고 있는 사람의, 문제야."

"그것보다, 토모야 군은 어떻게 해결할 생각이야?"

"저기, 메구미. 내 말 듣고 있어? 내 말, 제대로 듣고 있긴 한 거냐고!"

뭐가 어떻게 된 거야…….

이, 평소와 똑같은 패턴에 휘말리고 만 느낌이 팍팍 드는, 이 대화의 흐름은, 대체 뭐냐고…….

"이제 와서 새삼스럽지 않아? 우리 서클의 멤버 중에 모르는 사람은 아마 없을걸?"

"뭘, 말이야……."

"우리 대표(토모야 군)가 옛날 멤버(에리리와 카스미가오카 선배)에게 물러터졌다는 걸 말이야. 그것도 어이없을 정도로 약해빠졌잖아."

"큭……."

"합숙 때도 카스미가오카 선배 때문에 그렇게 기분이 가라앉아 있었으면서, 우리가 눈치채지 못했을 거라고 생각하는 게 오히려 이상하지 않아?"

"……그렇게, 가라앉아 있었어?"

"응. 카스미가오카 선배를 배웅할 때는, 완전히 얼간이 같았다니깐."

"……그렇게, 얼간이 같았어?"

"응. 지난달에 토모야 군이 빌려줬던 그 미소녀 게임의 주인공에 버금갈 정도였어."

"어이, 그건 완전 문제잖아! 그 정도 수준의 얼간이 주인공은 흔치 않다고!"

또한, 평소와 마찬가지로 그 게임의 타이틀은 언급하지 않겠다. 죽어도 말하지 않을 것이다.

"아무튼."

"아……."

메구미의 『뭐든 다 안다』 공격이 내 코앞까지 다가왔다.

그것은 물리적인 거리가 아니기에…….

"변명할 필요도, 고집부릴 필요도 없어……. 왜냐면, 에리리의 시나리오를 만들었을 때, 토모야 군의 배신에 익숙해졌거든."

"그게 배신이야?! 나, 배신을 했던 거야?!"

코앞에서 느닷없이 내 가슴에 깊숙이 박힐 위험성을 품고 있었다.

"그러니까, 같이 생각해보자."

그리고 칼날을 내 목덜미에 댄 채, 나를 상냥하게 감싸 안아주니…….

"어떻게 하면 카스미가오카 선배가 다시 한 번 일어설 수 있을지, 긍지를 되찾을 수 있을지, 그리고…… 토모야 군을 놀리며, 웃을 수 있을지를 말이야."

"……마지막 그건 이번 기회에 자제하게 되었으면 좋겠는데 말이야."

"뭐, 그러니 생각 좀 해봐. 제한 시간은 30초야."

"너무 짧네."

"그야 토모야 군은 자기가 뭘 해야 하는지, 뭘 하고 싶은지, 알고 있잖아? 하지만 얼간이 모드 중이라, 고민에 빠진 자기 자신에게 도취되어 있을 뿐이지?"

"너무하네."

"20초 남았어."

"아니, 저기, 메구미……."

"10초 남았어."

"거 되게 빠르네!"

하아, 이 녀석은 정말…….

※ ※ ※

우타하 선배는, 여행을 시작하면서 이렇게 말했다.

자신도 히로인으로 삼아달라고…….

에리리처럼, 히로인으로 삼아달라고, 분명 말했던 것이다.

하지만 여행을 끝내면서, 그녀는 이렇게 말했다.

자신은, 히로인이 될 자격이 없다고…….

코사카 아카네에게 짓밟혀, 아이덴티티를 잃었기에, 그렇게 말했던 것이다.

그렇다면, 그녀를 부활시키기 위해선…….

아니, 그것은 본인이 직접 해야 할 일이다.

하지만, 그녀가 부활할 수 있도록, 내가 미력하게나마 돕고 싶다면…….

『너는, 시나리오를, 쓰는 거야.』

그렇다. 우타하 선배 본인이, 예전에(9권에서) 말했지 않은가.

……결국, 그 방법뿐이야? 평소와 마찬가지잖아? 너무 원패턴인 거 아냐?

하지만, 하지만 말이야……

최강의 원 패턴을 관철하라고, 그 미치광이(코사카 아카네)가 말했잖아…….

그 여자의 태도 자체는 지금도 도저히 용납할 수 없지만…….

하지만, 극히 일부의, 그녀의 핵심을 이루고 있는 신념만큼은…… 내 가슴 깊숙한 곳에, 인정사정없이 꽂혔다.

※ ※ ※

"나는, 무슨 수를 써서라도, 우타하 선배를, 부활시키고 싶어."

"응."

지금이 딱 10초 후인지, 아니면 더 많은 시간이 흘렀는지는 알 수 없다.

하지만 메구미는 내가 다시 입을 열 때까지, 조용히 기다려준 것 같았다.

"새로운 『필즈 크로니클』의 시나리오로, 세간을 깜짝 놀라게 해줬으면 해."

"응."

"그러기 위해, 내가 할 수 있는 일이 있다면, 뭐든 하겠어."

"할 수 있는 범위 안에서, 말이지?"

“……하지만, 내가 그래도 괜찮을까? 한 서클의 대표에, 자기 작품도 만들어야 하는데, 정말 이래도 될까?”

“……그래서 토모야 군은 자기 작품의 시나리오를 쓰는 거잖아? 선배 히로인, 카스미가오카 우타하(가명)의 시나리오 말이야.”

역시 이것은 정답 확인이나 다름없는 짓이다.

정답을 알고 있지만, 얼간이 모드라 행동에 옮기지 못하는 나를, 메구미가 비아냥거리고 있는 것이다.

“메구미, 미안해.”

“뭐? 으음…… 응.”

전해지지 않을지도 모른다.

아니, 전해질 가능성을 염두에 두는 것 자체가, 교만일지도 모른다.

“하하…….”

“…….”

그래도 나는, 우타하 선배(가명)를 만들어내고 말겠다.

천재에, 사악하며, 또한 얀데레한 흑발 롱헤어 히로인을, 완벽하게 만들어내고 말겠다.

“아하하, 아하하하하…….”

최강의 암흑 캐릭터에, 음담패설을 입에 달고 살고, 진담을 하는 건지 농담을 하는 건지 항상 아리송하며…….

항상 졸려 보이고, 기본적으로 의욕이 없으며, 재능이 넘쳐서 남을 얕본다.

"하, 하하, 하……."

"……아."

하지만, 내가…… 아니, 주인공이 동경하는 사람이자, 스승이며, 여신이다.

강하고, 기품 있고, 고결하며…….

무슨 일이 있어도 꺾이지 않고, 쓰러지지 않으며, 절대 약한 소리를 하지 않는다.

"으…… 크, 윽……."

"……."

그렇다. 그녀는 절대 져선 안 된다.

항상 여유 넘치는 미소를 지으며, 세상을 내려다봐야만 하는 것이다.

그러니, 이번에는, 이번에야말로, 내가, 지켜내고 말겠…….

"저기, 토모야 군."

"어……."

"나 말고 다른 사람 앞에서는, 그녀를 생각하며 울지 마. 알았지?"

제7장

동인 소재다. 기억해둬라.

이벤트 번호 : 우타하??

종류 : 선택 이벤트

조건 : 발생일 미정, 우타하를 선택했을 때 발생

개요 : 우타하와의 『진짜 만남』 신을 회상

〈화면 암전(暗轉)〉

그것은 내가 〈학교〉에 입학하고 얼마 지나지 않아서 일어난 일이다.

별다른 이유 없이 서점에 들렀다가 표지에 낚여 구매한 책을, 별다른 기대도 하지 않으며 읽기 시작했다.

그저 심심풀이 삼아 읽기 시작한, 한 권의 연애 소설이, 내 새로운 학교생활을 극적으로 변화시켰다.

식사와 수면을 거른 걸로 모자라, 학교 성적에까지 영향을 끼칠 정도로 몇 번이나 반복해 읽었으며, 그때마다 나를 눈물짓게 한, 마성(魔性)의 라이트노벨.

그 책의 제목은 『사랑에 빠진 메트로놈』.

그리고 작가의 이름은, 카스미 우타코…….

〈BG : 서점의 이벤트 부스〉

〈SE : 손님들의 술렁거림〉

【주인공】「완전 감격했어요, 카스미 선생님! 나, 『사랑에 빠진 메트로놈』의 광팬이거든요!」

그리고 그 운명적인 책과 만나고 반년 후…….

나는 운명적인 사람과 만남을 가졌다.

【주인공】「1권만 해도 스무 번 넘게 읽었어요. 그리고 매주 한 번씩 읽으면서 눈물을 흘리고 있다니까요……. 6장에서 나오토가 사유카를 위해 최선을 다하는 부분에서 정말 감동했어요. ……하지만 그 두 사람이 미묘하게 어긋나고 마는 게 너무 아쉬워요!」

집에서 열차로 한 시간 정도 거리에 있는 서점에서 그녀의 사인회가 열렸다.

그 사실을 안 순간, 나에게는 최선을 다해 사인회 번호표를 손에 넣는다는 선택지만이 존재했다.

【주인공】「솔직히 말해 처음에는 사유카에게 약간 공감이 되지 않았다고나 할까, 사고방식 면에서 납득이 되지 않는 부분도 있었어요.」

긴장과 감격 탓에 횡설수설하는 나를, 그녀…… 카스미 우타코 선생님은 아무 말 없이 상냥한 눈길로 응시했다.

【주인공】「하지만, 다섯 번 정도 읽었더니 자연스럽게 이해가 되었다고 할까, 『아아, 이런 과거를 지닌 인물이구나』 하고 생각하게 됐죠.」

……뭐? 내 설명과 지금 눈앞에 펼쳐진 장면이 다르다고?

시끄럽네, 나는 그렇게 느꼈으니까 어쩔수 없잖아.

【주인공】「몇 번이나 되풀이해서 읽다 보니 이런저런 부분들이 이해가 되기 시작하더라고요. 내 독해력이 부족해서 그

런 걸지도 모르겠지만, 정말 깊이 있는 작품이라는 생각이 들었다니까요.」

【우타하】「너…….」

뭐, 아무튼 카스미 선생님은 잠시 동안 나를 쳐다본 후, 미묘한 표정을 지으면서 원래라면 이 자리에서 입에 담을 리가 없는 단어를 말했다.

【주인공】「예?」

【우타하】「〈학교〉의 〈주인공〉 군……?」

바로, 내 이름을 말이다…….

【주인공】「어. 어라……. 2학년의 카스미가오카 우타하?」

【우타하】「『선배』라고 불러, 후배 군.」

※ ※ ※

결국, 시작됐다…….

『blessing software』 신작 『시원찮은 히로인을 위한 육성 방법(가제)』, 두 번째 히로인 시나리오.

카스미가오카 우타하(가명) 루트의 집필이 말이다.

이번 시나리오 작성은 지난번에 쓴 사와무라 에리리(가명) 루트와는 다른 방식으로 집필하기로 했다.

게임의 진행 순서에 따라 집필했던 지난번과 달리, 게임 본편으로부터 1년 전, 그리고 게임 안에서는 중반에 나오는 회상 장면부터 집필한 것이다.

왜냐면 우타하 선배…… 아니, 이번 히로인인 우타하 선배(가명)는 게임에 처음으로 등장할 때부터 주인공과 자신의 과거를 의미심장하게 언급하는 히로인인 것이다.

그러니 우선 시나리오라이터인 내가 그녀와의 과거를 명확하게 만들어주지 않으면, 그 의미심장한 언급에 무게감을 실을 수 없다고 판단했다.

그리고 이 회상 장면…… 실질적인 우타하 선배의 첫 등장 장면에서, 제작 측이 유저에게 제시하고 싶은 것은 이러하다.

사실 편의주의적 치트 히로인은 미소녀 게임에서 흔히 볼 수 있지만…… 그 점은 논픽션이니 양해해달라고~.

그리고 또 하나…… 그녀는, 주인공에게 있어, 숭배의 대상이라는 점이다.

처음부터, 특별한 감정을 품고 있는 것이다.

하지만 그것이 연애 감정인지는 이 자리에서 밝히지 않고, 플레이어가 상상할 여지를 남겨둔다.

……아니, 뭐, 「실제로는 어때?」 하고 누가 묻더라도, 이 시점에서는 시나리오라이터 본인도 모르지만 말이다.

그건 그렇고…… 나 자신도 놀랄 정도로, 이 초반부는 술술 써졌다.

그것도 그럴 것이, 이 당시의 기억…… 아니, 플롯은 내 머릿속에 완벽하게 새겨져 있는 것이다.

잊고 싶어도, 잊을 수 있을 리가 없다.

분명 무덤까지 가지고 갈 거라고 확신할 수 있을 만큼, 그 일은 내 안에서 엄청난 존재감을 지니고 있거든.

하지만 여기까지는 아직 워밍업 단계다.

왜냐면, 아직 히로인의 마음을 중요하게 다룰 필요가 없는 것이다.

그저 담담하게, 일어났던 일과, 나눴던 이야기를 다루기만 하면 된다.

그렇다. 이 단계에서는, 이 『거짓말쟁이 히로인』이, 아직, 거짓말을 하지 않았으니까 말이다…….

※ ※ ※

이벤트 번호 : 우타하??
종류 : 선택 이벤트
조건 : 발생일 미정, 우타하를 선택했을 때 발생
개요 : 우타하와 처음으로 단절되었던 신을 회상

〈화면 암전〉

그리고, 그 순간은 느닷없이 찾아왔다…….

지금까지 쌓아왔던 것들이, 소리를 내며 무너져 내렸던, 바로 그날…….

그날은, 아침부터 날씨가 흐렸으며…….
그 순간을 예감하게 하듯, 눈이 내리기 시작했다…….

〈BG : 역 앞 공원〉
〈눈이 내리는 연출〉

【주인공】「이걸, 읽을 수는 없어요…….」

나는 우타하 선배가 내민 그 봉투를, 또 한 번 그녀 쪽으로 밀어냈다.

【우타하】「어째서야? 〈주인공〉 군은 항상 『빨리 읽고 싶다』고 말했었잖아.」

하지만 우타하 선배는 나의 그런 『당연한 행동』이 전혀 이해가 안 된다는 듯이, 믿기지 않는다는 듯한 표정을 지으며 내 얼굴을 응시했다.

【주인공】「선배야말로 왜 나한테 이걸, 마지막 권의 원고를 미리 보여주려는 거죠?」

그녀가 나에게 내민 것은 『사랑에 빠진 메트로놈』 최종 권의 원고다.

아직 서점에서 팔지 않는…… 아니, 이제부터 교정을 하고, 삽화를 넣은 다음, 선전 및 인쇄를 끝내는 등의 만반의 준비를 마치고 독자에게 전달될, 다이아몬드의 원석이다.

【우타하】「이 결말이, 주인공의 결단이, 히로인들의 미래

가…… 네가 원하던 바와 같은지 알고 싶어.」

【주인공】「대체, 왜요?」

【우타하】「그것에 따라, 결말이 바뀔지도 몰라…….」

【주인공】「그, 그런 자신 없는 소리 하지 마요…….」

그녀는 이 원석의 가공을, 아니나 다를까 나에게 맡기려고 했다.

【우타하】「그래도 나는, 의견을 듣고 싶어……. 네 마음을, 알고 싶어.」

【주인공】「나는, 카스미 우타코의 결단이 알고 싶어요. 결말이 내 뜻대로 되기를 바라진 않는다고요.」

그것은 크리에이터로서의 직무 유기가 아닐까……?
팬의 기대를, 신뢰를, 그리고 숭배를…… 배신하는 행위가 아닐까?

내 마음속에서 분노가 치솟았다.

그리고, 그 분노 이상의 슬픔도, 동시에 샘솟았다.

【우타하】「……한 번 더 물을게. 이 마지막 권의 원고를 읽어주지 않겠어?」

【주인공】「사양하겠어요.」

그렇기에, 나는 필사적으로 눈물을 참으면서, 나 자신이 정한 정의에 근거한 대답을 그녀에게 건넸다.

【주인공】「나는 이 작품에 관한 그 어떤 책임도 질 수 없으니까요.」

【우타하】「왜……?」

그녀는 내가 숨기고 있던 감정을, 그대로 자신의 얼굴에 드러냈다.

【우타하】「왜 아무 말도 안 하려는 거야?」

【주인공】「말로 안 하면 모르는 거야?!」

그래서, 나는…….

내가 숨기고 있던 감정을 향해, 고함을 질렀다.

【주인공】「그야 이 작품의 광팬이기 때문이라고!」

바람이, 그녀의 길고 윤기 넘치는 머리카락을, 휘감았다.

하지만, 그 순간 그녀가 지었던 표정만큼은, 이제 떠올릴 수가 없다.

※ ※ ※

"어버버버버버버버버버……!"

이 장면의 집필을 끝내고 마지막으로 엔터키를 누른 순간…….

전속력으로 모니터에서 눈을 뗀 나는 그대로 뒤편에 있는 침대에 다이빙한 후, 베개에 얼굴을 묻은 채 괴성을 질러댔다.

나의, 아니, 주인공의, 풋풋함과 씁쓸함…….

그리고, 위 언저리에서 샘솟는 고통을 견딜 수가 없었던 것이다.

"정말 쓰레기 같은 주인공이네……."

뭐, 내가 실제로 했던 짓……이 아니라, 내가 쓴 것이지만 말이다. 아무튼 지금 생각해보니, 그녀에게 미움받아도, 영원토록 용서받지 못하더라도 할 말이 없는 행동…… 아니, 묘사다.

하지만…….

"진실이니까 어쩔 수 없잖아……."

그렇다. 그 순간, 내 마음속에서 샘솟은 감정에는 단 한 점의 거짓도 섞여 있지 않다.

어쩌면 눈앞에서 펼쳐진 상황의 겉면만 파악한 바람에 엉뚱하게 화를 낸 것일지도 모른다.

하지만, 그런 사람이 바로, 이 이야기의 주인공이다.

모든 것을 내다보는 신이 아니다. 히로인을 배려할 줄 아는 멋쟁이 신사도 아니다.

평범한 고등학생에, 착각을 잘 하지만, 거짓말을 하지 않는, 그런 흔하디흔한 남자애다.

그런 남자애라면, 나도 어찌어찌 쓸 수 있다.

하지만, 문제는…….

"그런데…… 그녀 쪽은, 어떨까?"

이 이야기를 쓰기 위해서는 피해갈 수 없는 없는, 하지만 나에게 있어서 가장 어려운 점…….

그것은 바로, 거짓말쟁이 히로인의, 거짓말을 폭로하는 것이다.

그녀는, 그때 무슨 생각을 하고 있었을까?

주인공을 미워한 것은 틀림없으리라.

절대 용서 못 한다고 맹세했으리라.

……하지만, 그렇다면, 왜 그녀는, 그런 짓을 한 것일까?

주인공이 그런 태도를 취하는, 계기를 만들고 만 것일까?

지금의 나는, 정답을 모른다.

설령 히로인(우타하 선배)에게 물어보더라도, 아마 가르쳐주지 않을 것이다.

그리고, 설령 대답을 해주더라도, 나는 그것이 거짓인지 진실인지 판별할 수 없다.

그럼, 어떻게 해야 할까? 그야, 뭐…….

"뒷설정……을 만드는 거야."

할 수 있든 없든, 정답이든 아니든, 하는 수밖에 없어…….

주인공의 시점에서는 알 수 없는, 내 머리로도 알 수 없는 『우타하 선배의 본심』을, 시나리오라이터의 망상으로 그려내는 것이다.

거짓말을 밥 먹듯이 하고, 행동거지에도 허례허식이 지나칠 정도로 섞여 있으며, 마음을 허물로 꽁꽁 감싼 히로인의, 그 속내를, 중증 오타쿠의 꿈과 희망을 잔뜩 담아 만들어낸다.

그것은 그녀의 본심과 다를지도 모른다.

아니, 분명 다를 것이다.

또한, 샘플로서 가장 적합하다 할 수 있는 존재, 즉 카스미 우타코가 쓴 작품에 등장한 캐릭터들의 사고 논리와도 동떨어질지도 모른다.

하지만 이것은 미소녀 게임이다.

게다가 순애물이자, 코미디이며, 모에모에물이다.

주인공에게 유리하게, 마음 편하게, 그리고 기분 좋게 굴러가는…….

그런, 나의, 미소녀 게임이다.

※ ※ ※

■카스미가오카 우타하(가명) 뒷설정 :

·그녀는 게임 개시 시점에서, 이미 주인공을 좋아하고 있다.

·그녀가 주인공을 좋아하게 된 이유는 바로, 그가 그녀에게 있어 최고의 팬이기 때문이다.

·주인공은 『사랑에 빠진 메트로놈』에 관해 작가 본인과 이야기하는 것을, 그 무엇과도 바꿀 수 없는 소중한 시간으로 느끼고 있다.

하지만 그녀 또한, 최고의 팬과 이야기를 나누는 이 시간을 소중하게 여기고 있었다.

·그녀가 『사랑에 빠진 메트로놈』 마지막 권의 원고를 누구

보다 먼저 주인공에게 보여주려 한 이유는 바로 자신의 연심을 주인공에게 전하기 위해서다.

즉, 고백이었던 것이다.

·그녀는 2권에 등장한 『마유이』와의 해피엔딩을 보여줘서, 주인공에게 『뒤늦게 등장한 히로인과 주인공이 맺어지는, 역사 혹은 인연이 존재하지 않는 이야기 또한, 캐릭터들 사이에 깊은 정만 있다면 진실된 스토리가 될 수 있다』는 사실을 전하고 싶었다.

·소꿉친구 히로인, 그리고 주인공과 운명적인 만남을 가진 히로인을 제쳐두고, 자신을 선택해도 된다는 것을, 주인공에게 전하고 싶었다.

※ ※ ※

"……완성했어."

내가 한숨을 내쉬며 시계를 보니, 시침이 어느새 90도 가량 이동했다. 또한 창밖의 태양 또한 어느새 사라졌다.

이렇게 짧은 설정을, 겨우 몇 백 개밖에 안 되는 문자를, 게임에 쓰이지도 않는 텍스트를 쓰는 데 이렇게 많은 시간을 들이고 말았다.

텍스트 양으로 환산해보면, 지금까지 쓴 시나리오보다 시간이 수십 배는 더 걸렸다.

하지만…….

"완성했다고……."

그런 효율을 도외시한, 정체불명의 만족감이 느껴졌다.

그것도 그럴 것이, 이게 바로 카스미가오카 우타하(가명)의 행동 원리다.

그녀가 살아온 인생의, 밑바탕이다.

그녀에게 있어서의, 유일한 진실인 것이다.

……뭐, 게임 속에서의 이야기지만 말이다.

차분하게 생각해보니, 또 침대에서 발광을 하고 싶을 만큼, 기분 나쁜 망상 전개지만 말이다.

하지만 내 작품 안에서의 그녀는, 이 진실에 따라 거짓말을 하고, 때로는 본심을 털어놓는다.

그 근간을 철저하게 다져두지 않는다면, 캐릭터가 흐트러지고 말 것이다.

거짓말쟁이 히로인이라는 진실조차, 거짓이 되고 말 것이다.

"우, 우타하 선배는…… 처음부터, 나…… 아니, 주인공을……."

그러니 나는, 이 짤막한 뒷설정을 머릿속으로 집요하게 되새김질했다.

앞으로 쓸 그녀의 이야기가, 이 진실에서 벗어나지 않기를 빌며…….

※ ※ ※

그리고, 나는 다시 페이스를 되찾으며 이야기를 써나갔다.

우연히 우타하의 담당 편집자인 마치다와 알고 지내게 된 주인공은 아니나 다를까 히로인이 쓸 차기작의 담당 편집 아르바이트를 맡게 되었다.

그 결과, 주인공은 그녀와 더욱 가까워졌다.

때로는 지금까지처럼, 그녀의 변덕과 고약한 장난, 그리고 과격한 언동에 희롱당했다.

때로는 예전과 달리, 그녀의 순수한 반응과 곤히 잠든 얼굴, 순진무구한 미소를 보며 가슴이 뛰었다.

그리고 때로는, 과거에 저질렀던 것과 똑같은 실수를 반복하며, 또 엇갈리기도 했다.

하지만 이번에야말로, 주인공과 그녀는 모든 감정을 서로에게 퍼부으며 맞부딪쳤고, 그것을 통해 더욱 깊은 인연을 쌓았다.

……뭐, 위의 시나리오는 이 책(BG코믹스 『사랑에 빠진 메트로놈』)이 아니라 다른 책에 실려 있다는 정보도 있으니, 그쪽을 참고해주시길.

※ ※ ※

이벤트 번호 : 우타하03

종류 : 개별 이벤트

조건 : 우타하 루트 전반

개요 : 우타하와 맺어진다

〈화면 암전〉

○월 ×일.

그 날은, 특별한 날이었다.

카스미우타코의 새로운 시리즈 『순정 헥토파스칼』이 무사히 발간되었다.

게다가 그 신간은 발매 당일에 매진되어 서점에서 모습을 감췄다.

그리고 영업부 측으로부터 긴급 연락을 받은 편집부가 초반의 곱절이나 되는 양의 긴급 중판을 결정했다.

중판 연락을 받았을 때, 나는 내 방에서 파티 준비에 여념이 없었다.

이 쾌거를 예상했기에 미리 축하……하려는 의도도 눈곱만큼은 있었다.

하지만 그건 어디까지나 우연에 가까웠다.
실은, 그것보다 더 소중한 일을, 축하하기 위한 자리였다.

그것은 바로…… 우타하 선배의, 생일이다.

〈BG : 주인공의 방〉

【우타하】「〈주인공〉 군…….」

【주인공】「어, 어……?」

그것은, 기념비적인 날의, 축하 파티 자리…… 뭐, 단둘밖에 없지만 말이다.

아무튼, 내가 건배 하고 외친 순간…….
어찌 된 영문인지, 그녀는 나를 덮쳤다.

【주인공】「저, 저기…… 뭐, 뭐하는 거야?」

【우타하】「아니, 그게…… 나, 오늘부터 열여덟 살이야…….」

【주인공】「추…… 축하, 해요.」

【우타하】「이제, 미성년자가 아냐…….」

우타하 선배는 요염한 미소를 짓더니, 왼손에 든 샴페인 잔 안의 액체를 단숨에 들이켰다.

【주인공】「저기, 열여덟 살이라도 술은 마시면 안 되거든? 술은 스무 살이 넘어서부터 마셔도 된다고!」

【우타하】「끄억, 꾸나(그렇, 구나).」

【주인공】「으으으으읍?!」

그리고 그녀는 내 진심 어린 충고를 듣고 고개를 끄덕이더니…….

음료를 머금은 자신의 입을, 내 입에 댔다.

【우타하】「으, 응, 으응…….」

【주인공】「으, 으윽?! 아, 안 돼…… 으, 으음.」

【우타하】「……어때? 술이 아니지? 탄산음료야.」

우타하 선배의 입술을 통해 내 목으로 흘러들어온 것에서는, 술 특유의 혀를 찌르는 듯한 자극이 느껴지지 않았다.

【주인공】「하아, 하아…… 아, 아아…….」

하지만, 그것을 마신 나는 도수가 높은 술이 온몸을 휘감고 있는 것처럼 몸이 뜨겁게 달아올랐다.

【우타하】「이거라면, 마셔도 법에 저촉되지는 않을 거야.」

【주인공】「그, 그럼 열여덟 살이 된 것과 딱히 상관없지 않아?!」

【우타하】「내가 열여덟 살이 되기를 고대한 건 이제부터 할 일 때문이야.」

【주인공】「그, 그게 뭔데……?」

【우타하】「이런 짓을 하면, 갈 데까지 가버릴 수밖에 없거

든…….」

【주인공】「뭐, 뭘 말이야……?」

【우타하】「그래서, 오늘까지, 참은 거야……. 나는 열여덟 살이 됐으니, 이제 망설일 필요가 없잖아.」

【주인공】「우, 우타하 선배……!」

그리고 다음 순간…….
우타하 선배의 부드러운 육체가, 나를, 그대로, 짓눌렀다.

※ ※ ※

"어버버버버버버버버버버버버~~~……!"
이 장면의 집필을 끝내고, 마지막으로 엔터키를 누른 순간…… 이하 생략.
내가 쓴 글이기는 하지만, 진짜 이건 아니다.
이래서야 우타하 선배가 발정기……가 아니라, 육식계도 아니고, 헤픈 여성…… 적당한 표현에 대한 고찰은 다음에 하기로 하겠다.
아무튼, 이 시나리오는 위험하다.

이대로 이야기가 진행되었다간 성인물이 되고 말 것이다.

설령 관계자로부터 「캐릭터의 특징을 잘 파악했다」는 긍정적인 평가를 받더라도, 이대로 낼 수는 없다.

"다시 쓰자……."

그러니 나는 폭주하고 만 『붓』을 필사적으로 억누르기 위해 차가운 물로 샤워를 하며 마음을 진정시켰다. 그렇게 만전을 기한 후에 다시 컴퓨터 앞에 앉았다.

집필을 다시 시작하자.

※ ※ ※

〈BG : 주인공의 방〉

【주인공】「우타하 선배…….」

【우타하】「저, 저, 저기…….」

그것은, 기념비적인 날의, 축하 파티 자리…… 뭐, 단둘밖에 없지만 말이다.

아무튼, 나는 건배 하고 외치면서 그녀를 소파에 밀어서 쓰러뜨린 후, 그대로 입술을 포갰다.

【주인공】「왜 딱딱하게 굳어버린 거야?」

【우타하】「으음, 저기…… 네가 나한테 이럴 줄은 꿈에도 몰랐다고나 할까…….」

그녀는 내가 이러리라는 것을 전혀 예상하지 못했다는 듯한 반응을 보였다.

필사적으로 저항하거나, 여유롭게 나를 받아들일 거라고 생각했는데 말이다.

【주인공】「왜 그렇게 생각한 건데? 왜 그렇게 단정 지은 거야?」

【우타하】「〈주인공〉 군…….」

하지만 그녀는 부끄러워하듯 고개를 돌리고, 때때로 나를 힐끔힐끔 쳐다보고 있었다.

왠지 이런 일에 익숙하지 않고, 남자에게 면역이 없는 것 같지만…….

【주인공】「항상 무방비한 옷차림과 태도로 나를 놀려대 놓고…… 내가, 아무것도 느끼지 않았을 거라고 진짜로 생각했던 거야?」

【우타하】「실은…… 그런 일에는, 전혀 흥미가 없는 줄 알았어.」

하지만, 그러면서도, 전혀, 거부하지 않는 것 같았다…….

【주인공】「나는 아르바이트 편집자니까, 담당 작가를 건드리면 안 되기는 해.」

【우타하】「내 담당에서 잘리는 게, 무서워?」

【주인공】「당연하지! 선배와 함께 작품을 만드는 건 최고로 즐겁다구.」

그런 내가, 이런 짓을 해놓고도 어린애 같은 소리를 하자, 우타하 선배는 그제야 약간이지만 표정을 풀었다.

그런 그녀의 표정은 역시 평소와 다름없이…… 아니, 평소보다 훨씬 귀여웠다.

【우타하】「……나는, 성가신 여자야.」

【주인공】「알아.」

【우타하】「질투심이 많고, 음험한 데다, 자존심이 센 걸로도 모자라, 처○야.」

【주인공】「최고네.」

【우타하】「그럼 편집자 씨, 같이 만들어보자. 아무도 훔쳐볼 수 없는, 우리 둘만의 러브 스토리를 말이야…….」

【주인공】「응…….」

그리고, 우타하 선배는…….
끝내주게 행복한 표정을 지으며, 주저 없이 눈을 감았다.

※ ※ ※

"어버버버버버버버버버버버버버버버버버버버버~~~……!"

이 장면의 이하 생략.

뭐랄까, 이번에는 내……가 아니라 주인공이 무시무시했다. 완전 어리광쟁이 자아도취 타입 이불속 이중인격남이잖아.

뭐가~ 「최고로 즐겁다구」냐고. 역겨우니까 귀여운 어미 쓰지 마, 이 즐겁다구~별 인간아!

그리고 히로인의 고백 시나리오가 왜 항상 상대방을 덮치는 시추에이션으로 시작되는 거지?

아니, 뭐, 일단 그 점은 제쳐두기로 하고…….

"……좋아. 이걸로 가자."

주인공은 몰라도, 히로인 쪽은 꽤 귀엽게 묘사됐다는 자부심이 들었다. 주인공은 일단 제쳐두고 말이다.

사실 히로인의 대사만 따로 떼어놓고 본다면, 내 머릿속이 「어버버버버버버버」로 가득 차 버릴 만큼 모에했다.

그게 캐릭터의 특징을 잘 살린 것인지는 제쳐두기로 하고…… 솔직히 말해, 이런 시추에이션에 처했을 때 『그 사람』이 어떤 반응을 보일지 어떻게 알겠냐고.

그러니, 내가 머릿속으로 상상한, 귀여움과 갸륵함과 풋풋함을 다 집어넣은 듯한 느낌으로 완성한 것이다.

뭐, 이 캐릭터에 대한 평가는 유저의 몫으로 남겨두자.

그런고로, 이 이벤트는 수정 원고로 가기로 했다. 이 텍스트를 초벌 원고 파일에 덮어씌워…….

"……잠깐만."

『덮어쓰기 저장』을 하기 직전, 나는 다시 초벌 원고, 즉 누님이 리드해주는 느낌의 시나리오를 읽어보았고…….

"……역시 이것도 나름대로 괜찮네."

이쪽을 두 번째 섹…… 러브러브 신에 이용하기로 했다.

곳곳에 위험한 대사가 남아 있기는 하지만, 그래도 윤리군…… 아니, 윤리 위원회와 싸워보기로 마음먹었다.

※ ※ ※

그리고 러브러브 신을 몇 개 추가한 후, 이야기는 나락을 향해 치닫기 시작했다.

편집부의 대폭적인 조직 개편을 통해, 지금까지 나와 우타하 선배의 버팀목이 되어줬던 마치다 씨가 인사이동을 하게 되었다(작품 속 이야기입니다). 그리고 새롭게 부임한 여성 편집장이 내 직속 상사가 된 것이다.

그런데 그 신임 편집장에게는 수완가라는 소문과 함께『신인 작가 킬러』라는 별명을 지닌 매우 골 때리는 인간이라는 소문도 따라다니고 있었다. ……뭐, 어딘가에서 본 듯한 전개다.

그 편집자의 캐릭터 조형과 대사 등은 모델이 된 인간을 거의 그대로 본떠서 묘사했다.

즉, 히로인의 좌절이, 이 게임의 후반부 테마가 된 것이다.
……이 괴로운 이야기를 쓰면서, 나는 몇 번이나 작업을 멈췄고, 고함을 지르고 싶은 충동을 느꼈으며, 또한 몇 번이나 지우고 다시 썼다.
전부 알고 있는 일인데도, 말 한 마디 한 마디까지 똑똑하게 기억하는데도…….
내가 그것을 시나리오에 집어넣기 위해서는, 모든 용기를 쥐어짜 내야만 했다.
그것도 그럴 것이, 그때의 우타하 선배가 짓고 있던 얼음장 같은 표정이, 힘을 잃은 눈동자가, 닫혀버린 입술이, 내 기억 속에서 되살아나며 수많은 정보를 준 대신, 내 의욕을 송두리째 빼앗아갔던 것이다.

하지만, 끝나지 않는 밤은 없듯, 이 괴롭기 그지없는 텍스트 또한 이윽고 종언을 맞이했다.
우타하 선배의…… 카스미 우타코의 결단이 그려지는, 최종 국면에 도달했다.
하지만 나는 그 순간, 또 작업을 멈추고 말았다.
내가 우타하 선배에게 전하고 싶은 것을, 주인공이 히로인에게 전하려 하는 것을, 시나리오에 담기 직전에 말이다…….

시나리오 작업을 하느라 풀가동되고 있던 뇌가 결국 오버

히트하더니, 앞으로의 전개에 대해 생각하는 것을 포기했다.
기분 전환 삼아 한숨 자려고 했지만, 카페인과 에너지 드링크의 힘을 빌려 끌어올린 집중력이 풀리지 않았다.
결국 하루를 통째로 들여서 겨우겨우 눈을 붙인 후에야 겨우 뇌가 정상으로 돌아온 나는 다시 컴퓨터 앞에 앉았지만, 또 한나절 동안 딱딱하게 굳어 있었다…….
어제 했던 『머리가 제대로 돌아가지 않아서 쓰지 못했다』라는 변명이 그저 변명에 불과했다는 사실이 증명됐다.
이것은 작년까지의 단순한 어리광과 다른, 진짜 슬럼프일지도 모른다.
이제부터 써야만 하는 전개가 얼마나 어려운지, 그것을 마무리 짓는 게 얼마나 힘든지, 실패한다면 돌이킬 수 없다는 사실을 알기에…….
내 손과 머리가, 앞으로 나아가기를 거절하고 있는 것일지도 모른다.

하지만, 설령 그렇더라도…….
역시, 끝나지 않는 밤은 존재하지 않았다.

△월 ㅁ일.
그날 또한, 특별한 날이었다.
카스미 우타코의 인기 시리즈 『순정 헥토파스칼』, 2권 편집 회의.

아니, 편집 회의라는 이름의, 편집장과 작가의 정면 대결이 벌어지는 날인 것이다.

일전의 편집 회의 때는 『순정 헥토파스칼』의 현재 콘셉트와 전개가 신임 편집장의 방침과 어긋난다는 이유로 자근자근 짓밟혔다. 그뿐만 아니라 『이런 내용으로 간다면 어느 정도 인기가 있더라도 3권으로 조기 완결』이라는 소리까지 들었다.

그 후로 2주 동안, 주인공과 히로인은 이 작품을 기획 단계부터 다시 체크했고, 밤을 새면서 앞으로의 진행 방향에 대해 논의했으며, 때로는 싸울 뻔하면서 세세하게 살폈다.

그렇게 다듬고 또 다듬은 새로운 플롯을 가지고, 이 날에 임한 것이다.

그 후, 회의는 충돌 없이…… 아니, 몇 번 충돌이 일어나기는 했지만 그래도 무사히…… 아니, 유사(有事)하기는 했지만, 끝났다.

※ ※ ※

이벤트 번호 : 우타하??

종류 : 개별 이벤트

조건 : 우타하 루트 후반
개요 : 우타하의 결단

【우타하】「끝났네.」

【주인공】「응.」

회의를 끝내고 빌딩을 나서자, 상쾌한 바람이 우타하 선배의 머리카락을 희롱했다.

그 바람 덕분일까, 그녀의 표정 또한 최근 며칠 동안 보지 못했던 상쾌함…… 아니, 활력으로 가득 차 있었다.

결론부터 말하자면, 『순정 헥토파스칼』의 2권 플롯은 통과됐다.

하지만, 『3권으로 조기 완결』이라는 방침에 관한 결론은 유보됐다.
……2권의 첫 주 매상을 보고 판단을 내린다는 조건으로 말이다.

뭐, 매상을 통해 정한다는 것은 출판사 측으로서는 당연한 대응일 것이다.
하지만 이 합의를 쟁취하기 위해 우리는 고전해야만 했다.
왜냐하면, 우리는 편집장의 방침을 전면적으로 거역했던 것이다.

우리가 제출한 새로운 플롯에는 그녀의 의향이 전혀 반영되지 않았다.

콘셉트는 『카스미 우타코 테이스트의 강화』.
편집장이 원하는 가벼운 전개를 버리고, 카스미 우타코가 당초부터 해온 구상을 더욱 심화시켜, 더욱 심각한 스토리를 자아낸 것이다.

그것을 본 편집장은 불같이 화를 냈고, 이번 2권으로 조기 완결을 시키겠다는 소리까지 했다.
하지만 바로 그때, 우타하 선배…… 아니, 카스미 우타코는 가슴을 펴면서 이렇게 말했다.

『인기가 어중간하다면 몰라도, 대히트를 친다면 그러지 못할걸?』 하고 말이다…….

【우타하】「후회하지 않아?」

【주인공】「안 해. 하지만…….」

【우타하】「하지만?」

【주인공】「우타하 선배, 내가 없어도 정말 괜찮겠어?」

【우타하】「……꽤 번지르르한 소리도 할 줄 아네. 〈주인공〉 군 주제에 말이야.」

2권 플롯이 통과되는 것과 동시에, 나는 편집부에서 잘렸다.

『담당 작가를 컨트롤하지 못했다』는 그 이유에는 나도 납득했고, 후회 또한 하지 않는다.

게다가 편집장은 나가면서 『대학생이 되면 다시 찾아와』 하고, 나한테만 들리게 말했다.
완전 미움받는 줄 알았더니 말이다. 저 여왕도 정말 알다가도 모를 사람이다.

【주인공】「아무튼, 플롯은 통과했어. ……여기서부터는 작가의 영역이지? 카스미 선생님.」

【우타하】「응, 알아……. 이제부터는 글을 쓰는 것도, 싸우는 것도, 내가 하겠어. 내가, 내 실력과, 내 노력으로, 어떻게든 해내겠어.」

2주 동안…… 플롯을 다시 짜는 것보다 우리가 더 진지하게 이야기한 것은, 따로 있다.

……그것은 바로, 카스미 우타코와, 나, 〈주인공〉의 관계다.

사실 편집장이 말을 꺼내기 전부터, 나는 그녀와 논의 끝에 아르바이트를 관두기로 결심했었다.

【우타하】「그러니까, 너는…… 너의 길을, 열심히 나아가도록 해.」

【주인공】「응……. 언젠가 반드시, 카스미 우타코를 넘어서고 말겠어.」

그 논의를 통해, 우리는 맹세했다.
나는, 더 이상, 그녀의 곁에 『있기만 하는』 인간이 되지 않겠다고…….

그리고 그녀는, 더 이상, 나에게 의존하지 않기로…….

이제까지와 마찬가지로, 자신의 실력으로, 자신만의 미래를 개척하기로 말이다.

그리고 나는, 우타하 선배에게 선언했다.

작년에 그녀가 받은 『후시카와 판타스틱 대상』을 나 또한 목표로 삼겠다고…….

소설가가, 되겠다고 말한 것이다.

그녀가 안고 있는 지옥을 봤고, 그런데도 꺾이지 않는 그녀의 마음을 접하며, 생각했다.

나도, 창작이 하고 싶다고…….

동경하는 사람의 곁에 있기만 하는 건, 싫다고…….

【주인공】「그러니까, 우타하 선배도, 힘내…….」

【우타하】「응…….」

우리는, 희망으로 가득 찬 각자의 여행을 시작했다.

또한, 영원치는 않을, 작별을, 서로에게 고했다.

우리는 그런 씁쓸한 결단을 내렸지만, 눈물은 흘리지 않았다.

……왜냐면, 이러기로 결심했을 때, 우리 둘 다 눈물샘이 마르도록 울었던 것이다.

헤어지고 싶지 않다고, 헤어질 필요는 없다고, 왜 이제까지처럼 함께 지낼 수 없느냐고 울부짖으며…….

하지만, 이제까지처럼 함께 지낸 결과물이, 지금의 우리라면…….

우리에게는, 지금보다 더 엄청나고, 더 멋지며, 가장 강한 우리가 존재할지도 모른다.

더욱더 높은 곳으로 이어지는 길이, 따로 존재할지도 모른다고 생각한 것이다.

【주인공】「필사적으로 힘내. 지더라도 또 힘내. 마음이 꺾이더라도 내일 다시 힘내.」

【우타하】「힘낼게.」

나는, 그녀를 항상 응원할 것이다. 계속 응원할 것이다.

하지만 그녀의 버팀목으로서만 존재하는 것은, 관뒀다.

나는, 앞으로 나 자신의 버팀목이 될 것이다.

제2의 카스미 우타코가, 나 자신이, 되고 말겠다.

【주인공】「힘내…… 힘내, 힘내, 힘내!」

【우타하】「으…… 응! 응!」

그래, 힘내…….
너는 힘내라는 말을 들을 자격이 있어.
수많은 이의 기대를 짊어지더라도, 지지 않는 사람이야.

내가, 곁에 있지 않더라도, 찬란히 빛날, 사람이야…….

그러니…….
언젠가, 우리 둘이서 업계를 석권한 날, 다시, 만나자…….

제8장

왜 이 사람은 질 걸 뻔히 알면서도 가는 걸까.

"얏호~ 토모! 미션 컴플리트야~!"

한여름의 오후, 어느 역 인근에 있는 카페.

도어벨 소리가 들리더니, 구석 자리에 있는 나한테도 들릴 만큼 활기차고 능청스러운 목소리가 카페 안에 울려 퍼졌다.

"자아~, 전리품 받아. 어때? 나한테 맡기기 잘했지?"

"맙소사……. 미치루, 너 정말 대단하구나. 대체 뭘 어떻게 한 거야?"

그리고 성큼성큼 나한테로 다가온 미치루는 한 손에 『전리품』을 쥐고 있었다.

"뭐, 토모의 말대로 끌고 나오느라 엄청 고생하기는 했어. 잠에서 깬 지 얼마 안 됐는지 악어처럼 물어뜯지를 않나, 너구리판다처럼 꼼짝도 안 하지를 않나……."

"뭐, 기본적으로 야행성이거든. 게다가 동작은 느려도 엄청 흉포하니까, 낮잠을 자고 있을 때 깨울 거면 목숨을 걸어야 할 거야."

그렇다. 그 전리품은 바로 이 계절(한여름)의 이 시간대(한낮)에는 밖에서 좀처럼 볼 수 없는 희귀 생물…….

"……너희 둘, 사람을 희귀 생물 취급하지 말아줄래?"

학명은 **카스미가오카 우타하**라고 한다.

"그런데, 대체 무슨 볼일이 있어서 마감 직전이라 죽도록 바쁜 시기인 나의 소중한 휴식 시간을 방해하는 거야? 내용에 따라서는 봐주지도, 정상 참작을 해주지도, 어쩌면 평생 용서해주지 않을지도 몰라."

한여름의 오후, 우타하 선배의 집에서 가장 가까운 역 근처에 있는 카페.

자택이라는 이름의 하늘의 바위 문[#2] 밖으로 끌려나온 아마테라스(우타하 선배)는 자신의 앞에 놓인 물을 단숨에 들이켜더니, 촉촉해진 혀로, 나와, 아메노타지카라(미치루?)…… 아니, 아메노우즈메(미치루)를 향해 독설을 퍼붓기 시작했다.

"그러니까~, 창피하다고 일부러 독설을 퍼붓지 마. 합숙 때 선배가 괴롭힘당하고 엉엉 운 건 아무도 신경 쓰지 않는다구~."

"우, 우, 우우우우우우, 울어? 윤리 군, 이게 무슨 소리야?!"

#2 하늘의 바위 문(天岩戸) 일본 신화에 나오는 바위 문. 태양신 아마테라스가 하늘의 바위 문 뒤에 숨자, 아메노우즈메를 비롯한 신들이 그 앞에서 춤을 췄고, 그걸 보려고 아마테라스가 문을 열자, 완력이 센 신인 아메노타지카라가 아마테라스를 문밖으로 끌어냈다고 한다.

"나, 나도 몰라요! 나도 그런 장면은 못 봤다고요!"

"그럼 다른 사람한테 들은 거야? 누구한테서 그 사실을 알아낸 거야?!"

"어? 우타하 선배, 혹시 진짜로 울었어요……?"

"……그런데, 대체 무슨 볼일이 있어서 마감 직전이라 죽도록 바쁜 시기인 나의 소중한 휴식 시간을 빼앗은 거야? 일단은 이야기 정도는 들어주겠어."

……참고로, 아마테라스는 방금 노출된 자신에게 불리한 정보를 은폐하기 위해, 신의 힘을 사용해 30초 정도 시간을 되감은 것 같았다.

"이, 건……."

눈앞에 놓인 노트북 컴퓨터의 화면에 표시된 타이틀을 본 순간, 우타하 선배의 토라진 듯한 태도에 변화가 일어났다.

"예. ……이게 일전에 했던 합숙의 성과예요, 우타하 선배."

"맞아. 우리가 만드는 신작 게임의 체험판이야. 참고로 플레이가 가능한 시나리오는 연상에 입만 산 얼간이 히로인, 카스미가오카 우타하(가명) 루트야~."

"읔……."

"미안한데, 상황이 더 복잡해질 것 같으니까 입 좀 다물고 있어, 미치루."

그렇다. 화면에 표시된 것은 『시원찮은 히로인을 위한 육성방법(가제)』이라는 타이틀 로고다.

그리고 그 타이틀 밑에는 『처음부터』, 『도중부터』, 『게임 종료』라는, 세 종류의 선택지가 존재했다.

"어찌어찌 플레이가 가능하게 만들었어요. ……서클 멤버 전원이 힘써 준 덕분이죠."

그것은 일전에 내가 쓴 텍스트 파일이 아니라, 어엿한 게임 화면이었다.

"하시마 양의 그림도, 내 음악도 들어 있어. 아직 완벽하게 다듬어지지는 않았지만 말이야."

미치루는 여전히 가벼운 어조로 그런 소리를 해대고 있었지만…….

우리가 이 단시간에 이렇게까지 만들 수 있었던 것은 이 녀석의 행동력 덕분이라고 해도 과언이 아니었다.

내 시나리오가 완성된 후, 다른 멤버들에게 연락을 하고, 방침을 결정해서, 담당할 부분을 정한 다음, 일정을 조율하며, 멤버들을 이끌고 나간 사람은…… 이번만큼은 평소에 그런 역할을 도맡아 왔던 서브 디렉터(메구미)가 아니었다.

『기왕이면, 선배에게 보여주자……. 우리 전원의 성과를 말이야!』

평소처럼 덜렁대며 느긋하게 행동하고 있는 것 같지만…….

그래도 이 녀석답지 않게, 진지함과 열정이 느껴졌다.

“그러니까…… 테스트 플레이를 부탁해도 될까요? 우타하 선배…….”

“으…… 내가 왜 그런 짓을 해야 하는데?”

“으음, 그게, 그러니까…….”

그렇게 자신을 히로인으로 기용하라며 나한테 압력을 가하던 우타하 선배가, 이제 와서 「왜?」 같은 소리를 하니 무슨 말을 해야 할지 감이 오지 않지만…….

그래도 내가 하려는 말이 뭔지 알면서도 이렇게 시치미를 떼는 걸 보면, 그녀 또한 자신이 어쩌면 좋을지 감이 오지 않는 것이리라.

……하지만, 그렇다면, 어떻게 하면 좋을까?

“안 할 수는 없을걸……? 왜냐면 이 게임 안에는 토모의 머릿속에 존재하는 카스미가오카 우타하 선배가 들어 있단 말이야.”

“미, 미치루……?”

우리가 눈싸움을 벌이고 있을 때, 미치루가 또 절묘한 어시스트를 펼쳤다.

“내가 이런 소리를 하는 것도 좀 그렇지만…… 이 선배 히로인은 게임 속 여자애인데도 엄청 귀여워.”

"효도 양……."

정말 오늘, 아니 최근 며칠 동안의 미치루는 평소와 캐릭터가 다른 것 같았다.

"나도 좀 해봤는데, 얼굴이 화끈거리지, 닭살이 돋지, 짠내가 팍팍 나는 게, 우와~ 하고 외치며 벽에 헤딩을 하고 싶을 정도로……."

"……역시 안 할래."

"멋쩍고, 쑥스럽고, 새콤달콤하다는 소리를 잘못 말한 거지?! 맞지?!"

뭐, 느긋한 덜렁이라는 기본 속성에는 변함이 없지만 말이다.

"그럼 나는 이만 실례할게~."

"뭐? 미치루, 돌아가려고?"

결국 미치루는 우타하 선배를 잔뜩 부추겨서 게임을 플레이할 마음이 들게 만든 후, 자리에서 일어났다.

"뭐, 선배가 진짜로 우는 순간을 목격하는 건 자제할까 해서 말이야~."

"으……. 빨리 사라져버려."

이 녀석은 정말 눈치가 있는 건지 없는 건지 모르겠다니깐…….

"그래도 흥분한 선배가 토모를 덮쳐서 억지로 기정사실을 만들려고 할 즈음에 전화를 할 테니까, 방해받고 싶지 않다면 전화기를 꺼둬."

"돌아갈 거면 빨리 가버리라고!"

"영원히 사라져버리란 말이야!"

아니면, 눈치가 있는데도 일부러 이러는 걸까.

"……정말, 왜 그녀를 데려온 거야? 원래 이런 음흉한 계략을 꾸미는 건 카토 양의 몫 아니었어?"

"아, 메구미는 지금 내 방에서 자고……."

"윽……."

"오, 오해 마요! 아침까지 같이 스크립트 작업을 하다 한계에 도달해서 뻗어버린 것뿐이에요!"

미치루가 떠나고, 드디어 게임을 시작할 때가 되었는데도 우타하 선배는 좀처럼 게임을 시작하지 못했다.

……이번에는 오해하기 딱 좋은 소리를 한 내 잘못이에요. 아, 그리고 음흉한 계략 운운에 대해서는 아무런 코멘트도 하지 않는 편이 좋겠네요.

"아, 아무튼, 플레이해봐요. ……아, BGM도 있으니까 이어폰을 껴요."

우타하 선배는 여전히 나를 노려보며 이어폰을 건네받더니, 그것을 귀에 꽂은 후, 다시 나를 노려보았다. 으음, 끈질기네.

"이 안에, 윤리 군이 생각하는 최강의 내가 들어 있는 거야?"

"……최강인지 아닌지는 모르겠지만, 우타하 선배라는 원형에 내가 생각한 모에 요소를 접목해봤어요."

"왜 지금, 이걸 만든 거야?"

"그야 우타하 선배가 일전에 히로인의 모델로 삼아달라고……."

"그렇다고 해도, 이 타이밍에 만들 이유는 없잖아……."

우타하 선배는 마우스를 쥔 손을 움직이고 있지만, 그것보다 나를 추궁하는 입이 더 빠르게 움직이고 있었다.

"나를 격려하려는 거야? 내가 불쌍해서, 조금이라도 기운을 차리게 해주려고 이걸 만든 거지?"

"……그건 플레이를 해본 사람이 판단할 일이에요, 우타하 선배."

"뭐……."

나는 게임을 진행하면서도 몇 번이나 나를 돌아보려 하는 우타하 선배에게, 매정하게 들릴 수도 있는 말을 건넸다.

"뭔가를 느껴줘도 좋고, 마구 지적해줘도 돼요. 마음속에 아무것도 남지 않더라도 상관없어요……."

어쩌면, 차갑게 들릴지도 모르는 어조로…….

어쩌면, 화난 것처럼 느껴질지도 모르는 말을…….

"전하고 싶었던 게 전해지지 않는다면, 그건 우리 잘못이에요. 우타하 선배에게는 아무 잘못도 없어요."

아니, 이실직고하자면 나는 좀 화났다. 그래서 일부러 차갑게 말했다.

왜냐면, 나는 우타하 선배를 격려하고 싶다고 생각하기는 하지만…….

그녀를 불쌍하다고 생각한 적은 단 한 번도 없다.

내 태도를 보고 그렇게 생각한 우타하 선배에게도 잘못은 없다.

어디까지나 내가 그 점을 전하지 않은 탓이겠지만…….

그래도, 그녀가 나를 이해하지 못한다는 사실에 좀 삐치는 것 정도는 이해해줬으면 한다.

"알았어……."

우리는 약간 삐친 듯한 눈빛으로 잠시 동안 서로를 노려봤지만…….

결국 우타하 선배는 화면 안에 있는 『처음부터』를 클릭했다.

"오래간만에 윤리 군의 시나리오를…… 감상해볼게."

※ ※ ※

"……."

"……."

우타하 선배는 마우스 버튼을 리드미컬하게 클릭했다.

그때마다 화면 안의 우타하 선배가 차갑게 이야기했고, 심술궂게 놀렸으며, 약간 상냥한 목소리로 말을 늘어놓았다.

곰곰이 생각해보니 그것은…… 아니, 곰곰이 생각해보지 않더라도 알 수 있겠지만, 아무튼 만든 사람에게 있어서도, 소재로 쓰인 사람에게 있어서도 공개 처형이나 다름없었다.

"……윽."

"……윽."

그래서일까, 우타하 선배는 필사적으로 화면에 집중하며, 곁에 있는 내 얼굴을 평생 쳐다보지 않으려는 것처럼 행동했다.

나는 마조히스트가 아니지만, 그래도 우타하 선배의 반응을 살피기 위해 진지하게 그녀의 표정과 숨결, 그리고 행동의 변화를 살폈다.

그것도 그럴 것이, 크리에이터에게 있어 유저의 생생한 반응은 보물인 것이다.

게다가 그것이 존경해 마지않는 크리에이터의 반응이니…….

"……윤리 군."

"아, 예!"

"네 숨결이…… 내 얼굴에 닿아."

"미, 미안해요!"

……뭐, 그래도 숨결이 닿을 정도로 다가갈 필요는 없겠지

만 말이다.

『말로 안 하면 모르는 거야?!』
『그야 이 작품의 광팬이기 때문이라고!』

"……윽!"
"히, 히익!"
그리고 게임은 초반부의 그 문제의 신에 도달했다.
결국 화해하기는 했지만, 그래도 우리를 완전히 갈라놨던, 그 회상 이벤트…….
아니나 다를까, 우타하 선배는 그 신에 접어든 순간부터 다리를 덜덜 떨어대기 시작했고, 그에 맞춰 테이블이 흔들렸다.
하지만…….
"……."
"……."
짜증이 난 듯한 리얼의 우타하 선배와 달리, 버추얼의 우타하 선배는 슬픈 표정을 지었다. 그리고 힘이 잔뜩 들어간 듯한 비장한 BGM이 클라이맥스 느낌을 고조시켰다.
이즈미와 미치루의 열의가 가득 들어간 성과물을 보며, 이야기에 더욱 깊이 빠져 들어갔다.
"……."

"으, 흐, 흐흑……."

"……저기, 윤리 군."

"읍, 미, 미안해요."

……이 신을 만들고, 사전에 테스트 플레이까지 한, 바로 내가 말이다.

"……."

"……."

그리고 한동안, 일상 파트의 이벤트가 계속되었다.

그것은 원래 이 게임의 콘셉트인『히로인과 가까워지는 과정을 섬세하게 그린』파트다.

즉, 히로인과 최악의 형태로 만나 결투를 하게 되거나, 부자연스러울 정도의 권력을 쥔 학생회가 암약하거나, 아무런 조짐이나 복선도 없이 상류층 아가씨의 약혼자가 등장한다거나, 그런 망할 전개…… 아니, 충격적인 전개에 의존하지 않는, 어찌 보면 수수한 파트다.

"……."

"……."

하지만 우타하 선배는, 이야기가 천천히 진행되어가는 시간을 리얼타임으로 즐기고 있었다.

마우스를 연타하지도, 대사를 스킵하지도 않으며, 내 일상 텍스트를 전부 읽고 있었다.

"저기, 우타하 선배……."
"왜?"
"이 부분, 심심하지 않아요?"
"심심하네."
"……기복도 없고, 이야기도 좀처럼 진행되지 않잖아요."
"맞아."
"재미, 없나요?"
"재미, 없네."
"그런가요……."
"응. 그래."

그런 식으로 게임 안에서만이 아니라 리얼에서도 심심한 대화를 나눴지만…….

그래도 나는 눈치챘다.

우타하 선배는, 아마, 지금, 게임에 집중하고 있다.

이야기를 나눌 때의 어조도, 내용도, 표정도, 아주 약간이지만 변했다는 게 느껴졌다.

말투는 더 무뚝뚝해졌고, 그 내용 또한 입에서 튀어나오는 대로 말하는 것 같았으며, 표정은…… 아주 미세하지만, 그래도 명백하게 변하고 있었다.

그것들은 강하고 말재주가 좋은 우타하 선배나, 약하고 말이 없는 우타하 선배보다도, 더 많은 이야기를 하고 있었다.

"……."

"……."

그렇기에 나는 우타하 선배가 심심하면서도 즐거운 시간을 보내고 있다는 확신을 가질 수 있었다.

뭐, 그런 온화한 시간은 아마 곧 흔적도 없이 붕괴되고 말겠지만 말이다.

왜냐면, 그게…… 곧, 그 부분에 접어드는 것이다.

『우타하 선배…….』

『저, 저, 저기…….』

"윽…… 아, 아, 아아……."

"……"

그렇다. 이 부분이다.

『왜 딱딱하게 굳어버린 거야?』

『으음, 저기…… 네가 나한테 이럴 줄은 꿈에도 몰랐다고나 할까…….』

"으으……."

"아, 아~."

드디어, 나…… 아니, 주인공이 우타하 선배(가명)를 덮치는 개별 루트에 돌입하자, 지금까지는 비교적 조용히 플레이

하던 우타하 선배가 요란한 반응을 보였다.

마우스를 클릭하면서 안절부절못하는 듯한 표정을 지었고, 두 발을 마구 떨고 있는 데다, 얼굴은 홍당무처럼 빨개졌으며, 감탄사인지 비명인지 알 수 없는 한숨을 토했다.

그 모습은 남자에 익숙하지 않은…… 아니, 미소녀 게임에 익숙하지 않은, 순정파 여성…….

그렇다. 이 게임의 히로인이자, 이 첫 러브러브 이벤트에 임하는, 우타하 선배(가명) 같았다.

『왜 그렇게 생각한 건데? 왜 그렇게 단정 지은 거야?』

『〈주인공〉 군…….』

"유, 윤리 군……."

"아, 예……."

그리고 동요할 대로 동요한 우타하 선배가 오래간만에 의미를 지닌 단어를 입에 담았다.

하지만, 그녀의 『윤리 군』이라는 발언이, 이 시나리오를 쓰고, 히로인의 모델이 된 여성에게 플레이하게 한 인간 말종 같은 나를 탓하고 있는지, 아니면 게임 속 대사를 더빙하고 있는 것인지는 판단하기 어려웠다.

……뭐, 후자라면 여러모로 문제가 있지만 말이다.

『……나는, 성가신 여자야.』

『알아.』

"이게 대체 무슨 의미야?! 네, 네가 나에 대해 뭘 안다는 건데!"

"알고 있는 사람은 주인공이에요. 그리고 게임 속 히로인에 대해 알고 있는 거라고요."

하지만 이 부분(성가신 여자)에 관해서만큼은 전혀 픽션이라고 생각하지 않는다는 사실은 절대 밝혀선 안 될 것이다.

『질투심이 많고, 음험한 데다, 자존심이 센 걸로도 모자라, 처○야.』

"아냐! 전부다 아닌 건 아니지만, 그래도 일부는 아니란 말이야!"

"알고 있습니다! 그리고 이건 픽션입니다!"

그런데 그 일부가 대체 뭐야?

『그럼 편집자 씨, 같이 만들어보자. 아무도 훔쳐볼 수 없는, 우리 둘 만의 러브 스토리를 말이야…….』

"으~~~! 하, 하아, 하아, 하아아아~~~."

“차, 찬 물 한 잔 하세요.”

우타하 선배는 『이럴 걸 예상하고』 내가 미리 점원에게 부탁해뒀던 시원한 물을 단숨에 들이키더니, 거친 숨을 내쉬면서 나를 뜨거운 시선으로 노려보았다.

“나, 나는…… 이런, 남자들이 듣기 좋은 말 같은 건, 안 해…….”

“물론 알고 있어요! 이 캐릭터는 우타하 선배 본인이 아니라 『내가 생각한 최강의 모에 히로인』이라고요!”

저기, 우타하 선배의 눈을 가득 채운 열기의 근원은…… 일단 분노라고 여기기로 했다.

“그럼 내가 이대로 하면, 너는, 나한테, 이런 짓을…….”

“절대 하지 마요! 시도할 엄두도 내지 말라고요!”

……그건 그렇고, 우타하 선배와 밖에서 만나기 정말 잘했다.

처음에는 내 방으로 부를까도 했지만, 만약 그렇게 했다간 서로가 이 분위기를 견뎌내지 못했을 것이다.

……그리고 그 결과, 어떤 일이 일어났을지는 절대 상상하지 않을 거지만 말이다.

“이건 어디까지나 미소녀 게임이에요. 중증 오타쿠의 망상이 진실보다 중요하게 여겨지는 미디어라고요.”

겨우 러브러브 신이 끝나자, 우리는 거칠어진 숨결을 가다듬었다. 그리고 나는 추가 주문을 하기 위해 메뉴를 보면서 우타하 선배에게 아까 신에 대한 변명…… 아니, 연출 의도를 이야기했다.

"하지만, 이러면, 곤란하단 말이야……."

우타하 선배는 아직도 마음이 정리되지 않은 것인지, 내 시선을 피하듯 화면에서 눈을 떼지 않았다. 그리고 일상 모드로 되돌아간 게임을 느릿느릿 진행하면서 난처한 듯한 목소리로 그렇게 중얼거렸다.

정말 분위기가 거북하기 그지없었다. ……애프터 레코딩 때 키스 신 같은 걸 연기한 성우가 어떻게 분위기와 기분을 환기시키는지 물어보고 싶을 지경이다.

"뭐, 중증 오타쿠의 망상은 여자 오타쿠도 받아주기 힘들지도 몰라요. 하지만 미소녀 게임이라는 건 원래……."

"이렇게, 중증(윤리 군) 오타쿠의 망상(이상)이 담겨 있으면, 곤란해……."

"……예?"

하지만 이야기를 들어보니, 우타하 선배의 고민은 부끄러움 같은 것과는 차원이 완전히 다른 것 같았다.

"나, 이제 이 방법을 써먹을 수 없어. 그랬다간 표절을 하는 거나 다름없잖아."

"미, 미안해……요?"

어디에 써먹는다는 거지?

"이런 식으로 하면 걸려든다는 걸 구체적으로 알게 된 건 큰 수확이지만…… 그래도, 이걸 그대로 써먹는 건 패배를 인정하는 거나 다름없어."

"그, 그런가요?"

그러니까 대체 뭘 어떻게 써먹는다는 거지?

"그래. 설령 성공이 약속된 패턴이 눈앞에 굴러다니고 있어도, 작가는 자신의 색깔을 드러내기 위해 어레인지하고 싶어 하는 골치 아픈 생물이거든."

"그, 그렇구나……. 어렵네요."

으음, 지금 창작론에 대해 이야기하는 거지?

"그건 그렇고…… 목이 마르니까 추가 주문을 해도 될까?"

"무, 물론이죠! 뭐든 다 시켜요!"

"그, 그럼…… 샴페인을……."

"……여기는 카페라고요."

아무래도 게임 쪽은 두 번째(입으로 샴페인 먹여주기) 러브러브 이벤트에 도달한 것 같았다.

그렇다면 시추에이션을 그대로 써먹지 말고, 자신의 색깔이 드러나도록 어레인지해줬으면 좋겠다.

"……."

"……."

그리고, 이야기는 드디어 결말을 맞이했다.

카스미가오카 우타하(가명) 시나리오의, 진짜 클라이맥스이자 라스트 시나리오.

우타하 선배의, 카스미 우타코로서의, 부활편이자, 최종장.

어떤 작품에서는 coda라고 부르는 것 같았다.

"……."

"……."

우타하 선배는 숨을 쉬는 것조차 잊은 것처럼 화면에 집중하고 있었다.

그리고 나 또한 그녀의 반응을 단 하나도 놓치지 않기 위해, 마른침을 삼키며 그녀의 얼굴을 쳐다보았다.

그것도 그럴 것이, 지금 나는 시험받고 있는 것이다.

8개월 전에 카스미 우타코의 제자가 된…… 나의, 시나리오라이터로서의 실력을…….

약 2년 동안 우타하 선배와 알고 지낸…… 내가, 인간으로서, 남자로서, 그녀를 얼마나 깊이 이해하고 있는지를…….

"……휴우."

"아……."

그녀의 귀에 꽂힌 이어폰에서 흘러나오는 노래가 바뀌었다.

그것은 최후의 테스트 플레이 때 겨우 집어넣은 곡이다.

……미치루가, 오늘 아침에야 겨우 완성한, 이 게임의 엔딩곡인 것이다.

"끝까지 플레이했어…… 윤리 군."

그렇게 신경 써서 만든 음악과 대조를 이루듯, 화면에는 고딕체로 된 투박한 엔딩 크레디트가 표시되고 있었다.

"어, 어땠, 어요?"

아까까지만 해도 우타하 선배는 다양한 표정을 지었지만, 클라이맥스에 들어간 순간부터 그녀의 얼굴은 딱딱하게 굳었다.

그것은 클라이맥스의 전개 그 자체가 지금의 그녀가 받아들이기에는 너무나도 괴로운 내용이었기 때문이리라.

하지만 끝까지 플레이할 때까지, 나에게 자신이 품고 있는 감정을 들키고 싶지 않다는 마음 또한 어려 있을 거라는 생각이 들었다.

"이건…… 대체 뭐야?"

"뭐……."

클라이맥스의 시나리오에 대한 여러 가지 생각이 마음속에 쌓일 대로 쌓인 우타하 선배는…….

바로 이 순간, 굳어 있던 표정을 무너뜨리더니, 둑이 무너진 것처럼 마음속에 담겨 있던 말들을 토해냈다.

"말도 안 돼……. 이게, 내가 바라는 미래라는 거야?"

"아……."

……주로, 분노의 감정을 담아서 말이다.

"이딴, 이딴 건, 인정할 수 없어……. 나는, 이 시나리오를, 용납 못 해."

내 문장에서 느낀 것을…….

이 스토리로부터 받아들인 것을…….

히로인과 주인공이 고민 끝에 선택하고, 결심하며 나아간 길을, 부정했다…….

"어째서…… 『사랑도 일도 대성공해서, 아무런 우려도 남지 않는 해피엔딩』으로 끝낸 거야……?!"

※ ※ ※

【우타하】「끝났네.」

【주인공】「응.」

회의를 끝내고 빌딩을 나서자, 상쾌한 바람이 우타하 선배의 머리카락을 희롱했다.

그 바람 덕분일까, 그녀의 표정 또한 최근 며칠 동안 보지 못했던 상쾌함…… 아니, 활력으로 가득 차 있었다.

결론부터 말하자면, 『순정 헥토파스칼』의 2권 플롯은 통과됐다.

하지만, 여기까지 오기 위해, 정말 길고, 힘들고, 격렬하고……

또한, 행복한, 우리 둘만의 싸움을 치러야만 했다.

나는, 편집장의 말을 하나하나 분석해서, 그녀의 새로운 편집부가 원하는 방향을 필사적으로 찾았다.

그리고 우타하 선배는 다시 한 번 플롯과 마주했고, 또한 독자와 마주했다.

그 결과, 다시 완성된 플롯은 1차 플롯과는 완전히 딴판이 되었다.

하지만 카스미 우타코 테이스트의 골격은 남아 있으며, 거기에 덧붙인 살만 바꾸는 데 성공했다……고 생각한다.

전개는 더 격렬하고, 빨라졌다.

등장하는 히로인의 숫자가 늘어났으며, 그녀들의 노출도도 상승했고, 주인공을 향한 그녀들의 호의 또한 노골적으로 변했다.

……하지만, 히로인과 주인공의, 쉴 새 없이 바뀌고 복잡해지는 인간적인 심정만큼은 작품의 근육으로서, 지방 밑에 은

밀히 배치해뒀다.

【우타하】「겨우겨우 살아남았네. 역시 카스미 우타코는 대단하다니깐.」

【주인공】「……나한테 어리광이란 어리광은 다 부려놓고 그런 소리를 하는 거야?」

【우타하】「……꽤 번지르르한 소리도 할 줄 아네. 〈주인공〉군 주제에 말이야」

【주인공】「오늘 회의 때 단 한 마디도 하지 않은 사람한테 그딴 소리 듣고 싶지 않거든?!」

편집장이 우리의 『사소한 저항』을 눈치챘는지는 알 수 없다.
……아니, 태도로 볼 때, 아마 눈치챘을 것이다.

그것도 그럴 것이, 이번 플롯의 콘셉트를 설명하는 나를, 무지막지하게 수상쩍다는 듯이 쳐다보고 있었던 것이다.
뭐, 어쩌면 당당하게 졸고 있는 우타하 선배를 쳐다본 것일지도 모르지만 말이다.

【주인공】「아무튼, 이걸로 플롯은 통과됐으니까, 축배라도 들까? 아니면 오래간만에 같이 놀러 간다거나…….」

【우타하】「싫어. 지금 바로 집에 돌아가서 잘 거야. 식사는 편의점 음식으로 때울래.」

【주인공】「아니, 저기…… 뭐, 알았어. 그럼 나는 어떻게 한다…….」

【우타하】「……무슨 소리 하는 거야? 나와 같이 가는 거 아니었어?」

【주인공】「어, 아니, 그게, 이제 그만 우리 집에 돌아갈까 싶거든. 우타하 선배에게 더 폐를 끼치는 것도 좀 그러니까 말이야.」

……으음, 뭐, 이쯤에서 이실직고를 할까 한다.

사실, 플롯을 퇴짜 맞고, 다음 편집 회의까지의 기간 동안…….
우리는, 쭉…… 한집에서 같이 살기라도 하는 것처럼 쭉 같이 있었다.

아니, 솔직하게 말해, 그건 완벽한 동거였다.

【우타하】「으으…….」

【주인공】「우, 우타하 선배……?」

【우타하】「으으으으으~.」

【주인공】「저, 저기…….」

그리고 함께 지내면서 처음으로 집필 중인 우타하 선배를 봤는데…… 그것은 정말, 뭐랄까, 그야말로 처절하기 그지없었다.

집중 중인 그녀는 그야말로 성가시기 그지없었다. ……그것도 그럴 것이, 잠도 안 자고, 식사도 안 하며, 또한 컴퓨터 앞에서 벗어날 줄을 몰랐다.

그저 하염없이 키보드를 두드리고, 다리를 떨어대며 영문 모를 소리를 해대고, 때로는 깔깔 웃고, 때로는 울먹이고, 그리고 때로는 나한테 달려들며 독설을 쏟아냈다.

【주인공】「……알았어. 일단 오늘은 같이 가줄게.」

뭐, 여러모로 문제 많은 우타하 선배는 생각을 바꿀 때까지 절대 자신의 뜻을 굽히지 않을 거라는 사실도 이번에 뼈저리게 느꼈다.

……그리고 내가 그녀의 억지를 받아주고 싶어 한다는 것을, 뼈저리게 느끼기도 했다.

내가 투덜대는 듯한 어조로 그렇게 말하자, 우타하 선배는 평소와 마찬가지로 장난기 어린 표정을 지었다.

【우타하】「그럼, 또, 욕실에서 그걸, 해줄 거야……?」

【주인공】「머리 감겨달라는 거지?! 그리고 일전에 감겨줄 때도, 나는 수영복을 입고 있었거든?!」

뭐, 그래도 여러모로 문제가 많은 관계와 오해…… 아, 이해할 수 있는 행위라고 생각하지만 말이다.
그래도 우타하 선배는 그런 걸 전혀 주저하지 않는다니깐.

뭐, 아무튼 우리의 싸움은 끝났…… 이제 막 시작되었다.

또 새로운 싸움이 시작된다. ……구체적으로는 다음 주부터 말이다.

【우타하】「〈주인공〉 군……?」

【주인공】「아, 왜?」

【우타하】「앞으로도, 내 어리광을, 전부 받아줄 거지?」

【주인공】「원고 작업에 관한 이야기지? 맞지?!」

우리가 만든 플롯을, 우리가 직접 완성해나간다고 하는 공동 작업이 시작되는 것이다.

(끝)

※ ※ ※

그렇다. 우타하 선배의 지적이 옳다.

이것은 『사랑도 일도 대성공해서, 아무런 우려도 남지 않는 해피엔딩』이었다.

……초기 원고와는 전개가 완전히 달라진 것이다.

하지만…….

"이 해피엔딩을 용납할 수 없나요? 이 히로인이 모에하지 않은 건가요?"

나는 이 수정 시나리오를 규탄하는 우타하 선배를 향해, 태연하게 반론했다.

"이런 편의주의 시나리오로 행복해지는 편의주의 히로인의 어디가 모에하다는 거야……?!"

확실히 편의주의라고 할 수 있을지도 모른다.

이런 식으로 이야기를 끝낸다면, 그 이후에 어떤 식으로 이야기가 전개될지 쉬이 상상할 수 있는 것이다.

『순정 헥토파스칼(가제)』은 앞으로도 계속되고, 작품은 더욱 인기를 끌 것이며, 미디어믹스까지 되면서, 카스미 우타코를 인기 작가로 자리매김하게 할 것이다.

그리고 카스미가오카 우타하는, 앞으로도 주인공과 함께 걸어가리라.

이제까지보다 더 소중한 편집자로서, 그리고 연인으로서…….

"그래도 나는…… 이 결말이 정말 마음에 들어요."

그렇다. 그렇기 때문에, 히로인의 미소는 눈부시며, 주인공과의 러브러브 묘사가 돋보이는 것이다.

내가 사랑하는, 완전무결한 해피엔딩, 인 것이다.

"그녀가, 나를 모델로 한 히로인이 아니라면 인정했을지도 몰라. 하지만……!"

"이 히로인, 귀엽지 않은 건가요?"

"으…… 귀엽다, 귀엽지 않다 같은 이야기를 하고 있는 게 아니잖아!"

지금까지 이 시나리오를 부정해왔던 우타하 선배는 내 말을 듣더니 볼을 붉혔다.

그 반응을 보고, 우타하 선배가 저 히로인의 언동과 선택에서 뭔가를 느낀 게 아닐까 하는 희망을 가졌다.

"그럼 대체 뭐가 문제인 거죠?"

"그녀는, 나와 완전히 별개의 존재야……. 나는, 그녀의 선택을 절대 긍정할 수 없어!"

하지만 우타하 선배는 화면 속의 그녀를, 거부했다.

"둘이서 힘을 합쳐 편집장이 트집을 잡은 플롯을 수정해서, 조기 완결 취소를 쟁취한다? 정말 진부한 전개잖아!"

"진부와 왕도는 종이 한 장 차이라고 우타하 선배가 말했었잖아요."

"캐릭터를 제대로 파악해서 썼다면 그런 투박한 부분이 드러나지 않았겠지. 하지만……."

"내가 캐릭터를 제대로 파악하고 있지 않다는 건가요……?"

"나는…… 아니, 그녀는 이렇게 약하지 않아! 이런 어리광쟁이가 아냐!”

화면 속의 그녀가, 자신과 동화되는 것을, 거절했다.

“그녀가 진정한 크리에이터라면, 타인에게 짓밟힌 자신의 작품을 이렇게 간단히 포기할 리가 없어……!”

왜냐하면, 그녀는 자신의 문장에 한없는 애착을 지닌 것이다.

“그리고 그녀라면, 남의 도움을 받아가며 자신의 플롯을 수정하진 않을 거야.”

“어째서…… 그렇게 단언할 수 있는 거죠?”

“내 작품이 나만의 것이듯, 그녀의 작품은 그녀만의 것이기 때문이야!”

“우타하, 선배…….”

왜냐하면, 그녀는 자신의 재능에 강렬한 프라이드를 지닌 것이다.

“자신이 목숨을 걸고 있는 일의, 그것도 뿌리가 되는 부분을 만드는 데 남의 도움을 받다니, 절대 용납 못 해. 용납 못 해. 아니, 용납해선 안 돼.”

왜냐하면, 그녀는 절대로 굽힐 수 있는, 확립된 작풍을 지닌 것이다.

“그 외에도 지적할 부분이 잔뜩 있어. 주위 사람들의 반응도 이상해. 편집장이 두 사람을 인정한 이유에 관한 묘사가 약해. 이래서는 단순한 편의주의야. 그저 네가 좋아할 만한 전개를 몽땅 집어넣은, 잡탕 찌개 시나리오에 불과해!"

그렇다. 나는 알고 있다…….

내가 쓴 이 히로인은 카스미 우타하와『비슷하지만 엄연히 다른 존재』라는 사실을 말이다.

왜냐하면, 진짜 카스미가오카 우타하는, 창작에 목숨을 걸고, 남의 말에 따르지 않으며, 자신의 재능을 믿고, 스스로를 관철하는, 남자에게 있어 성가시고, 부담스러우며, 또한 고결한 여성이니까…….

"그래도 나는 이 라스트가 최고라고 생각했어요. 아뇨. 우타하 선배에게 부정을 당한 지금도, 그렇게 생각해요."

"윤리, 군……."

그렇다. 설령 다르더라도, 나에게 있어, 이 시나리오는 최고다.

그렇기 때문에, 내가 아는 진짜 카스미가오카 우타하는…… 초기 원고에, 전부 담아버리고 만 것이다.

그녀는, 특출한 데가 없는 고등학생 주인공이 공략할 수 있을 만한, 그런 쉬운 여성이 아니다.

설령 커다란 벽에 가로막혀, 완전히 박살 나버릴지라도…….

언젠가 자신의 두 발로 일어서서, 다시 나아갈 것이다.

……그러니, 그녀에게는 주인공 같은 존재가 필요 없다.

그녀의 작가 인생에 플러스 요소가 될지도 모르지만, 근간이 될 수는 없다.

그런 『내가 생각한 최강의 우타하 선배』는 분명, 그녀가 생각하는 최강의 자신과 똑같으며, 평범한 인간 같은 게 아니다.

천재이며, 여신이자, 또한, 크리에이터인 것이다.

하지만 천재 여신 크리에이터인 채로는, 내 게임의 히로인이 될 수 없다.

"내가 아까 말했잖아요……. 이건 미소녀 게임이라고요."

"윤리 군……."

그렇다. 이것은 미소녀 게임이다.

중증 오타쿠의 망상이 진실보다 중요하게 여겨지는 미디어다.

이것은 남자에게 유리하게 풀려나가는, 중증 오타쿠의 망상이다.

혼을 담고, 생명을 갉아먹으며 만든, 중증 오타쿠의 망상이다.

"강한 히로인은 한 꺼풀 벗겨보면 약한 편이 좋아요. 마지막에 가서 주인공에게 어리광을 부리면 분명 모에할 거라고요."

그러니…… 내 곁을 떠난 우타하 선배는, 나에게는 필요해도, 내 게임에는, 필요하지 않다.

"……내가 무슨 말을 하든, 자신은 틀리지 않았다고 주장할 거야?"

"예. 왜냐면 이건 나의, 아니, 우리의 작품이니까요."

내 시나리오를 읽은 동료들…… 메구미, 이즈미, 미치루, 그리고 이오리도, 잘 만들었다고, 재미있다고 말해줬다.

뭐, 편의주의적이라는 말을 하기는 했지만, 그렇기 때문에 모에하다는 내 주장에 납득해줬다.

청춘 연애 그래피티로서는 확실히 졸작일지도 모른다.

연애 작품이 특기인 카스미 우타코에게 인정받지 못할지도 모른다.

그녀가 편의주의적인 판타지라고 말한다면, 그 말대로일 것이다.

하지만, 순애 미소녀 게임으로서 본다면, 이 시나리오는 카스미 우타코의 작품에도 뒤지지 않는다.

"그렇다면, 나는 이제 아무 말도 하지 않겠어. 왜냐면 너는 내 의견을 인정할 수 없잖아. 그리고 나는 이 히로인을, 인정할 수 없어."

"그런, 가요……."

그것은 나에게 있어, 아마 우타하 선배에게 있어, 매우 중요한 한마디였다.

왜냐하면, 그것은 크리에이터로서의 결별을 뜻한다.

그녀는 지금 나에게 말한 것이다……. 이대로는, 함께 작품을 만들 수 없다고 말이다.

더는, 같은 방향으로 나아갈 수 없다고…….

완전히, 갈라서고 말았다고…….

"그래도 고마워, 윤리 군……. 나를, 위로해주려고 이렇게 최선을 다해줬잖아."

"예……."

마지막으로 우타하 선배는 지금까지의 격렬한 어조와 표정을 누그러뜨리며, 다툼을 멈췄다.

하지만 최종적으로 나를 인정한 게 아니라, 내가 며칠 동안 해온 헛된 노력에 대한 위로처럼, 그리고 체념처럼 느껴졌다.

결국, 내 혼신의 시나리오는 우타하 선배에게 전해지지 않았다.

에필로그

"그럼 다녀오겠습니다~."

나는 바퀴 달린 가방을 질질 끌면서 현관을 나섰다.

아직 오전 일곱 시지만, 이미 세상을 비추고 있는 햇살이 문틈을 통해 인정사정없이 쏟아져 들어왔다.

오늘도 어제나 그저께와 마찬가지로 꽤나 더울 것 같지만…… 사흘 동안 맑은 날씨가 계속되었다는 것은 오타쿠에게 있어 복음이나 다름없었다.

그것도 그럴 것이, 오늘은 8월 중순의 일요일.

즉, 여름 코믹마켓 사흘 차인 것이다.

약 20만 명이나 되는 오타쿠들의 카니발에 참가하기 위해, 의기양양하게 걸음을 내디딘 나를…….

"여어, 소년. 빅사이트까지 태워줄게."

"코사카 씨……?"

뜻밖의 전개가, 기다리고 있었다.

"저기, 코사카 씨…… 뭐 좀 물어봐도 될까요?"

마을에서 벗어난 자동차가 수도 고속 도로에 들어섰을 즈음, 나는 겨우 마음을 진정시키며 핸들을 쥔 여성…… 코사카 아카네의 얼굴을 쳐다보았다.

"아~, 태워다 주는 건 개의치 마. 실은 방금 카시와기 선생님과 카스미 선생님을 카시와기 선생님의 집에 데려다준 참이거든. 그리고 내 집은 아리아케에 있어. 즉, 완전히 겸사겸사 데려다주는 거지."

"아, 내가 묻고 싶은 건 그게 아니라……."

실은 방금 들은 말 안에도 물어보고 싶은 점은 잔뜩 있지만, 지금은 그것보다 먼저 확인해야만 하는 게 있다.

6권 제6장 등장
"에나카 씨…… 였군요."

"아~, 그거 말이구나."

원래라면 합숙 때, 그녀가 타고 온 차가 BMW라는 걸 알자마자 눈치챘어야 한다.

하지만 『우리 집 앞에 세워져 있는 BMW』라는 키워드를 떠올릴 때까지, 눈앞의 여성이 『검은색 양복을 입고, 긴 머리카락을 머리 뒤로 모아 묶었으며, 소프트 모자를 눌러쓴, 자유로운 느낌의 자칭 세무사 형님』과 동일인물이라는 사실에 생각이 미치지 못했다.

잠깐만, 『ENAKA』씨가 코사카 『AKANE』라니…… 그건 그냥 알파벳 표기를 거꾸로 읽은 거잖아! 『RANDAM HAJILE(스○처 참조)』와 『ELIJAH MADNAR(스포일러 주의)』를 눈치채지 못했을 때 이후로 나란 놈은 전혀 성장하지 못했네!

뭐, 그런 사이버펑크틱한 일들은 제쳐두기로 하고…….

"저기…… 그때는 고마웠어요."

"……고마워해도 괜찮겠어~?"

"예. 진심으로 고맙게 생각하고 있어요."

그렇다. 나는 이 여성에게 진심으로 고맙게 생각하고 있다.

그날 밤…… 나스 고원에 있는 별장에서 쓰러진 에리리의 곁에 갈 수 있었던 것은…….

식량과 갈아입을 옷을 준비하는 등의 어른스러운(엄연히 따지면 여성스러운) 대처가 가능했던 것 것은…….

분명, 시급으로 환산하면 얼마나 벌고 있는지 상상도 안 되는 몬스터 크리에이터가, 무상으로 제공해준 시간 덕분인 것이다.

"하지만, 실은 원망하고 있지~?"

"그야 당연하잖아요……."

"아하하하하하~."

"으~~~!"

……설령, 그 변덕 덕분에 그녀는 에리리의 재능을 꿰뚫어 보았고, 그 결과, 우리 서클이 보유한 최강의 크리에이터 두 사람을 빼앗기고 말았더라도…….

어이, 웃지 마. 진짜로 뚜껑 열릴 것 같다고.

"그런데, 저기…… 하나 더 물어봐도 돼요?"

"소년이 오늘은 질문 공세를 펼치네~."

코사카 아카네는 내 시선을 통해 뭘 물어보려는 것인지 완전히 눈치챘으면서도, 가벼운 어조로 그렇게 받아넘겼다.

하지만 그녀가 나를 자신의 차에 태운 것을 보면, 이 질문을 받게 되는 것을 이미 각오했으리라.

그러니 나는 주저 없이, 최근 며칠 동안 가장 신경 쓰였던 점에 대해 물었다.

"……우타하 선배는 잘 지내고 있나요?"

카페에서의 대결, 아니, 결별, 이랄까…….

아무튼, 우타하 선배와 만나고 일주일이 넘게 지났다.

즉, 코사카 아카네가 제시한 『필즈 크로니클 XIII』의 시나리오 수정 유예 기간이 이미 다 지나간 것이다.

"뭐야. 너, 카스미 선생님을 걱정하는 거야?"

"뭐, 나 같은 게 걱정하는 것 자체가 주제넘은 짓이라는 건 알지만……."

"뭐~. 주제넘지~. 너 따위는 전혀 도움이 되지 않을 테니까 말이야~."

"으……."

“흐…… 크크큭, 농담이야.”

나이와 경력에서 압도적으로 우위인 상대에게 박살이 난 내가 그대로 언짢은 태도를 취하자, 그녀는 이때를 기다렸다는 듯이 웃음을 터뜨렸다.

……하지만 그녀는 기분 좋다는 듯이 내 머리를 가볍게 두드리며 입을 열었다.

“걱정하지 마. 너는 최선을 다했잖아?”

“……어디까지 들었죠?”

“글쎄. 예를 들자면, 네 가방 안에 있는 DVD에 네가 최선을 다해 쓴 시나리오가 수록되어 있다는 걸 알고 있다고나 할까……. 나중에 한 장 내놓으라고.”

“코믹마켓의 인의(仁義)를 지켜야 하니, 오픈 후에 찾아와 주세요.”

“걱정하지 마. 그런 건 준비회도 안 지켜~.”

“그런 소리를 하면 어쩌냐고요…….”

방금 대화는 제쳐두기로 하고, 아무래도 코사카 아카네는 우리 사이에 있었던 일을 아는 것 같았다.

하지만 그건 이 사실을 그녀에게 알린 관계자가 있다는 것을 뜻한다.

게다가 그건 그녀와 『관계자』의 관계가 그렇게 나쁘지 않다는 걸 뜻하지 않을까……?

“엄청 기대되거든. ……그게 카스미 선생님을 각성시킨 마법의 시나리오지?"

"예……?"

하지만 그녀는 내가 생각에 빠질 틈을 주지 않으려는 것처럼, 뜻밖의 말로 내 마음속의 깊숙한 곳까지 파고들어 왔다.

"어이, 소년. 그 언니, 지금 완전 난리 났어. 완전히 맛이 가버렸다니깐. 네가 무릎 꿇고 애원한다면 아마 사람도 죽여줄걸?"

"그, 그게 무슨 소리예요?!"

"아, 직접 죽인다는 소리는 아니거든? 그저, 본 사람이 죽고 싶어질 만한 작품도 간단히 쓸 것 같단 말이지~. 아하하하하하하하하~."

"그것도 충분히 흉흉한 소리거든요?!"

그건 그 누구도 납득할 수 없을 법한 무시무시한 발언이었다.

하지만 그 발언이, 내가 아는 이들 중에서 가장 많은 독자를 죽인 사람의 입에서 나온 것이다. 그 설득력은 그야말로 상상을 초월했다…….

"이야, 그 언니를 『나 따위가』 걱정하다니, 주제넘은 짓을 했어. 사람은 겉모습만으로 판단하면 안 된다고나 할까~, 드디어 본성을 드러냈다고나 할까~."

"코사카 씨……?"

「너, 걱정했었던 거야?!」 같은 발언이 내 입 밖으로 튀어나올 뻔했다.

하지만 그녀의 말과 표정을 접한 순간, 그 발언보다 강렬한 의문, 그리고 그 의문을 능가하는 기대가 마음속에서 솟구쳤다.

"보여줄게. ……카스미 선생님의, 광기를 말이지."

"아……."

그리고 그녀가 대시보드에서 꺼낸 종이 다발에, 나는, 눈길을 빼앗겼다.

『필즈 크로니클 XⅢ 제2 개정 원고 카스미 우타코』

※ ※ ※

"……읍."

"……."

"으, 윽……."

"……어이."

"으…… 윽, 우, 우읍……."

"진짜로 토할 것 같으면 말해. 차 세워줄게."

코사카 아카네는 시나리오를 읽고 있는 나에게 『그것』을 내밀었다.

"아, 아뇨, 괜찮아…… 우윽."

"뭐, 이해해……. 카시와기 선생님도 꼬박 하루 동안 끙끙 앓았지."

눈물을 닦기 위한 손수건이나 휴지가 아니라, 차가 더러워지는 걸 막기 위한, 비닐봉지를 말이다.

"이, 이걸…… 진짜로, 우타하 선배가 쓴 거예요? 코사카 씨가 직접 쓴 게 아니고요?"

"어이, 말도 안 되는 소리 하지 마. 아무리 나라도『필즈 크로니클』로 이런 짓은 하진 않아~."

"그렇겠죠……."

진짜로 토할 것 같다…….

차멀미, 때문이 아니라 다른 이유 때문에 말이다.

이 개정 원고는 대폭적으로 수정되어 있었다.

그리고 종반부는 초기 원고의 면모가 전혀 남아 있지 않았다.

게다가, 최종 보스인 페르난도 경의 내력도, 역사도, 사상도, 행동도, 완전히 딴판으로 바뀌었다.

딴판으로 바뀌었다고 해도 과언이 아닐 만큼, 행복하고 처참하며, 순조로우면서도 순식간에 나락으로 떨어질 뿐만 아니라, 상냥한 광기로 가득 차 있는 데다, 정의의 살육을 되풀이했다.

완전히 머릿속의 나사가 풀린 인물이 되어 있었다. ……행동이 아니라, 그 결과가 말이다.

가족에게 사랑받고, 백성들이 존경하며, 세상의 은혜에 감사하고, 평화를 추구한 한 명의 상냥한 마술사. 하지만 그를 태운 운명의 수레바퀴는 백성과 세계의 『선의』 때문에 서서히 미쳐가기 시작했다.

모든 이들이 그를 사랑했고, 그를 위해 행동했으며, 그를 지키기 위해 전력을 다해 싸웠다. ……그런 사랑과 상냥함과 자애가, 그저 결과만을 나쁜 쪽으로 바꿔갔다.

그 결과, 최후에 주인공이 싸우게 되는 마물은 그가, 가족의 유해를 전부 모아서 만든, 이 세상에서 가장 사랑스럽고, 이 세상에서 가장 추악한 키메라였다…….

"어때? 끝내주게 잔인하지? 나도 보자마자 희희낙락하면서 마르즈 측에 보냈다니깐."

"……잔인한 건 당신의 그 행동 같은데요."

"뭐, 그랬더니 홍보와 개발 측에서 불같이 화를 내며 클레임을 걸어오지 뭐야. 그 녀석들, 카스미 우타코는 위험하니까 해고하라는 소리까지 했어."

"잠깐만요. 이제 와서 무슨 소리를 하는 거예요?!"

"뭐, 최종적으로는 그쪽에서 한 걸음 물러섰지만 말이야. 만약 물러서지 않았더라도, 그런 무의미한 클레임을 내가 받아줄 것 같아?"

"……코사카 씨가, 우타하 선배를 지킨다는, 건가요?"

"당연하잖아. 이렇게 끝내주는 시나리오를 쓰는 녀석이 지금까지 필즈에 있었어?"

"없었으니까 문제가 된 거잖아요……."

"아~, 그래~. 그럴지도 몰라~……. 아하하하하……. 아하하하하하하~."

아마 밤샘 직후인 듯한 코사카 아카네는 깔깔 웃어댔다.

지난달에는 우타하 선배의 시나리오를 그렇게 매도했으면서, 지금은 태도가 완전히 정반대였다.

하지만…… 왠지, 즐거워 보였다.

"뭐, 그래도 수정하기로 했지만 말이야."

"잠깐, 우타하 선배를 더 혹사시키는 거예요……?"

"내 탓이 아냐. 이건 그 누님이 직접 꾸민 거란 말이지."

"그, 그게 무슨 소리예요?!"

"나는 몰라도 마르즈 측이 이 시나리오를 허용하지 않으리라는 걸 알고 있었던 거야. ……새파랗게 질린 그 녀석들 앞에서 「실은 이 엔딩 이후에 이어지는 내용이 있다」고 말하지 뭐야."

"이어지는 내용……?"

"이 배드 엔딩을 뒤집기 위해, 주인공들은 시간을 거슬러 올라가서 과거의 역사를 바꿔 해피엔딩을 이뤄내려고 하는 거야.”

“타, 타임리프 전개?”

“어마어마하게 충격적인 시나리오를 보고 완전히 넋이 나간 그 녀석들은 그런 흔해빠진 요소에 바로 오케이했어……. 정말, 그 언니도 성격이 끝내준다니깐.”

코사카 아카네는 왠지 엄청 즐거워 보였다.

……내가 괜한 고생을 사서 했다는 생각이 들 정도로 말이다.

“하지만 그런 시나리오가…… 인기를 끌 수 있겠어요?”

“그래서 내가 있는 거야.”

내가 품고 있는 여러 가지 감정에서 비롯된 부정적인 혼잣말에도, 코사카 아카네는 주저 없이 반응했다.

“해피엔딩을 추가하고, 광고 전략을 다시 짠 후, 카시와기 에리의 그림과 내 이름으로, 아무것도 모르는 녀석들을 마구 낚아주겠어.”

“광고 사기라는 소리를 들을 것 같은데요?”

“마르즈 쪽 사람들도 같은 걱정을 했지만…… 그 말을 들은 카스미 우타코의 대답이 또 걸작이었지.”

“뭐, 뭐라고 했는데요……?”

“그게 말이지…….”

『정신을 차렸을 때는…… 카스미(나) 우타코의 마력에서, 벗어

날 수 없을 거야.』

『재미가 없으니 투박한 부분에 눈이 가는 거야. 자신이 원하지 않는 이야기에 거부 반응을 느끼는 거지.

하지만 재미있다면, 그것은 마약처럼 사람의 마음을 중독시켜…….

그것 없이는 살 수 없게 만드는 거야.』

『유저에게 평생 지워지지 않을 트라우마를 심어주겠어…….』

"이야, 다들 완전히 얼어붙었다니깐. 아하하하하하하하하."

"……."

"그건 그렇고…… 나는『7할이 엉엉 울고, 3할이 혐오감을 느낄 만한 이야기』를 쓰라고 했는데…… 이건『9할이 엉엉 울면서 혐오감을 느낄 이야기』야."

"하하……."

"지나치게 배배 꼬인 데다, 사악하며, 또한 이 세상에 둘도 없는 유일한 작품, 이라고나 할까? 크크큭……."

"하하……."

또, 멀어져버렸다…….

조금은 다가섰다고 생각했는데, 싸워볼 만하다고 자부했

는데, 자신의 작품을 방패 삼아 맞서봤는데…….

그래도, 카스미 우타코는, 눈 깜짝 할 사이에 더 먼 곳으로 가버렸다.

여전히 대단하고, 두려움을 모르며, 남들이 생각지도 못한 방향으로 성장했다.

결국 다른 길을 걷고 있는데도, 그녀가 서 있는 정상은, 너무나도 높고, 너무나도 멀었다.

※ ※ ※

"그럼 3일 차도 열심히 해."

"……데려다줘서 고마워요."

그리고 차는 무사히 국제전시장 역의 교차로에 도착했다.

주위에는 빅사이트로 향하는 대량의 사람들과, 그들을 유도하는 준비회 스태프들로 붐비고 있었다. 오타쿠를 순식간에 전투 모드로 만드는 분위기에 휩싸여 있는 것이다.

2D 캐릭터 스티커로 도배된 자동차 사이에 선 BMW의 운전석에서 얼굴을 내민 코사카 아카네는 나를 쳐다보았다.

그녀가 하는 말은 하나같이 비정상적이고, 일반인은 이해할 수 없으며, 거만함으로 가득 차 있지만…….

그래도 나스에서의 일을 비롯해, 행동 자체는 친절하기에 이 사람이 어떤 인물인지 파악할 수가 없었다.

"저기, 코사카 씨……."

"왜?"

"나는 아직 포기하지 않았어요."

하지만 이 말만은 꼭 해야겠다는 듯이, 나는 은혜를 원수로 갚듯이 그녀를 다시 한 번 쳐다보았다.

"언젠가 반드시 카스미 우타코와 카시와기 에리를, 당신에게서 되찾겠어요."

"그래? 뭐, 힘내."

하지만 그녀는 내가 누구 때문에 이렇게 죽을힘을 다하고 있는 것인지 전혀 신경 쓰지 않는다는 듯이, 내 선전 포고를 멍하니…… 아, 별다른 감정을 드러내지 않으며 흘려 넘겼다.

"불가능하다고 생각하는 거죠? 하지만 나는……."

"내가 그걸 어떻게 알아~."

"예?"

"만화 같은 걸 보면「눈빛이 좋다」같은 소리를 하며 주인공의 재능을 꿰뚫어 보는 녀석이 있지? 완전 어이가 없다니깐~. 상대의 눈만 보고 그 녀석의 장래성을 알아본다는 게 말이 돼?"

"잠깐, 당신 작품에서도 그런 전개 나오잖아! 나, 한 세 개 정도는 기억하고 있다고!"

"하지만, 작가의 장래성은 작품을 보지 않으면 알 수 없어

~. ……뭐, 작품을 봐도 괴물이 될지 안 될지는 전혀 알 수 없지만 말이야~."

"네?"

참고로 눈앞에 있는 이는 지금까지 수많은 작가를 고용해서 『오타쿠의 화전농가』, 『작가의 생태계를 박살 내는 외래종』 같은 소리를 듣고 있는, 『방금 그 말을 절대 해선 안 되는 사람』이다.

"당연하잖아? 나는 신의 힘을 지녔지만, 신의 눈은 지니지 않았어~."

뭐, 자신이 신의 힘을 가졌다는 소리를 대놓고 할 수 있다는 것만 봐도 문제가 많은 사람이라는 걸 알 수 있지만 말이다.

"하지만……."

"하지만?"

그래도, 이 제멋대로에 무책임한 신은…….

"카스미 우타코와 카시와기 에리는, 너한테 재능이 있다고 믿어."

"예……?"

"그 두 사람은, 너와 부딪히고 괴물로 성장했어. 분명 네가 화학 반응을 일으킨 거야……. 그것만으로도, 내가 너를 신경 쓸 이유로는 충분해."

"코사카 씨……?"

자신이 찾아낸 천재들의 재능과, 그들의 말을, 적어도 믿는 것 같았다.

"내 눈으로 똑똑히 확인해주겠어……. 네가, 엄청난 크리에이터가 될 원석인지, 아니면, 오타쿠 서클의 변변찮은 왕자님에 불과한지를 말이야."

"나한테 있어서는 후자 쪽이 훨씬 허들이 높거든요?!"

"재미있네. 자신감이 넘치는걸."

"아니, 그런 의미가 아니라……."

하지만, 자신이 찾아낸 여성들의, 남자를 보는 눈만큼은 믿지 않는 것 같았다.

"아무튼, 그 두 사람을 되찾고 싶다면 내가 있는 데까지 올라와 봐. 그러면 나는 울며 겨자 먹기로 너를 의식할 수밖에 없겠지."

"그럼 당신은…… 만약, 내가 엄청난 작품을 만든다면, 나를 인정해줄 건가요?"

"그래. 전력을 다해 내 밑으로 끌어들이겠어. 그리고 저항하면 박살을 내주지."

"뭐……."

입으로는 인간 말종 같은 소리만 하고 있지만…….

"뭐, 내가 그렇게 했는데도 살아남는다면…… 너는, 내 적이자, 내가 동경하는 작가야. 모든 작품을 다 사서, 다 읽은 후, 때로는 웃고, 때로는 씹고, 때로는 울어줄게."

그래도, 오랜 세월 동안 최정상에서 군림해왔으면서도, 여전히 뜨거운 열정을 지니고 있었다.

"마음껏 질투하고, 필사적으로 네 장점을 흡수한 후, 다시 훌쩍 앞서 나가서, 너를 손가락질하며 웃어주지. 각오해둬."

그리고 믿기지 않을 정도로 어른스럽지 못했다.

"……그렇게 살면 피곤하지 않나요?"

"지쳐서 멈춰 선 순간이 바로 내가 죽을 때야."

그렇다. 분명 나보다도 말이다…….

"나는, 쭉 최전선에 서서 유행을 쫓고 있어.

단 한순간에 멈춰 설 순 없어. 프로만이 알아볼 수 있는 건 만들지 않아.

항상 새로운 손님을 공략할 거야. 오랜 손님이 떠나는 것도 무서워하지 않아.

하지만, 지금 있는 손님을 일부러 내팽개치는 건 말도 안 돼.

내가 만든 새로운 세계에, 새 손님도, 단골손님도, 전부 데리고 갈 거야.

……적어도, 나는 그러겠다는 마음으로 이쪽 일을 하고 있어."

코사카 아카네…….

그녀는, 7대 죄악 중 교만과 식탐과 질투와 탐욕과 분노, 이 다섯 개를 지닌 죄 많은 크리에이터.

"유저들이 자기 이름을 듣고 옛날 옛적에 나온 작품만 떠올리는 건 굴욕이잖아?

자신의 대명사는 언제 어느 때나 최신작이었으면 하잖아?

그러니까, 나는 항상 절대 다수의 유저들을 타깃으로 삼아. 새로운 장소를 갈구해. 하지만 그렇다고 옛 장소를 버리지는 않아. 점점, 내 장소를, 넓혀나가겠어…….

과거의 성공 따윈 알 바 아냐. 미래의 실패 따윈 알 바 아냐.

오늘 할 일을 생각하는 것만으로도 벅차단 말이야."

애초부터 그녀에게 나태는 존재하지 않았으며, 색욕 또한 버린 지 오래되었다.

"항상 최대 셰어를 목표로 삼을 거야. 거물로 존재할 거야. 최첨단을 추구할 거야.

세상을 떠들썩하게 만들 거야. 사람들에게 떠받들어질 거야. 사회적 지위를 손에 넣을 거야.

내 이름을 모르는 사람을 없앨 거야. 그게 내가 죽을 때까지 추구할 목표야.

그 목표에 목적지는 존재하지 않아. 목표는 항상 변하고, 더욱 높아지지.

그러니 멈춰 서 있을 수 없어.

왜냐하면, 그랬다간 남들이 나를 떠받들어 주지 않거든~."

사상 최대의 경지를 목표로 삼고 있는, 괴물이자 속물.

"뭐, 그러니 네 신작을 기대하고 있을게. 내가 질투할 만한 작품을 만들어봐."

"……그럼 겨울 코믹마켓 때 우리 부스에 와주세요. 챙겨 둘게요."

"좋아. 그럼 가장 먼저 클리어하고, 가장 먼저 감상을 말하러 갈게."

"그래도 대사 스킵을 하지 말고 제대로 플레이해요. 우리는 첫 플레이 때 가장 감동할 수 있도록 튜닝하고 있다고요."

내가 패배자의 변명 같은 소리를 하자…….

"……그것도 그러네. 네 말이 맞아. 사과할게."

코사카 아카네는 처음으로 자신의 잘못을 인정하며, 사과했다.

•

에필로그 2

"후, 후후, 후후후……."
"……."

『……알았어. 일단 오늘은 같이 가줄게.』
『그럼, 또, 욕실에서 그걸, 해줄 거야……?』

"요, 욕실…… 아아."
"……저기, 카스미가오카 우타하."

『〈주인공〉 군……?』
『아, 왜?』
『앞으로도, 내 어리광을, 전부 받아줄 거지?』

"하아아아아~. 몇 번을 플레이해도 질리지가 않는다니

깐…….”

“카스미가오카 우타하!”

“사와무라 양, 왜 그래? 나, 지금 엄청 바쁘단 말이야.”

“네가 우리 집에 온 건, 우리가 만드는 작품(필즈 크로니클)에 관해 회의를 하기 위해서잖아.”

“하, 하지만, 하지만…… 사와무라 양, 이이이, 이 부분 좀 봐! 동거한대! 같이 목욕한대! 당신의 시나리오에는 이런 직접적인 묘사가 있었어?”

“그 히로인은 너와 비슷하지만 엄연히 다르다면서? 네가 자기 입으로 그렇게 말했잖아? 그러니 동거를 하든, 같이 목욕을 하든, 어디까지나 너는 아니잖아?”

“……그리고 어리광 부리는 것 좀 봐. 이 두 사람, 분명 갈 데까지 간 거 맞지? 그렇고 그런 사이 맞지?”

“자기한테 불리한 부분만 못 들은 척하지 마!”

“자아, 그럼 한 번 더 『처음부터 플레이』를…….”

“이제 그만 끄란 말이야, 이 연애 좀비야!”

■ 작가 후기

안녕하십니까, 마루토입니다.

드디어 제 라이트노벨 작가로서의 데뷔작인 『시원찮은 그녀(히로인)를 위한 육성방법』이 10권에 도달했습니다! 카스미 우타코 선생님의 데뷔작 『사랑에 빠진 메트로놈』 전 5권의 두 배에 도달했군요! 뭐, 데뷔한 나이를 생각해보면 카스미 우타코 선생님의 두 배 이상 걸렸으니, 누가 이긴 건지는 미묘하다고 할 수 있겠지만요…….

뭐, 아무튼 이번 권에서는 카스미 우타코, 즉 카스미가오카 우타하 선배가 오래간만에 메인으로 다뤄졌습니다. 제2부가 시작되고 등장 횟수가 감소되면서, 성가신…… 아니, 열성적인 우타하 선배 팬들에게서 압력을 받았습니다만, 일단 이렇게 그분들에게 의리를 지킬 수 있었습니다. 만약 작가가 그녀를 괴롭히며 희열에 빠져드는 것처럼 보였다면, 그건 여러분의 착각입니다. 이번 권에서는 우타하 선배의 활약과 성장이 마음껏 그려졌다고 확신합니다(눈에 한 점의 빛도 어려 있지 않음).

그럼 10권에 대한 이야기는 이제 그만 끝내고, 정례 보고

가 되어가고 있는 애니메이션 2기에 관한 이야기라도 할까 합니다.

일전에 발매된 GS(걸즈 사이드)의 후기 마감에 맞추지 못해 발표하지 못했던 방송 시기도, 2017년 4월로 정식 발표되었습니다. 드디어 스태프의 발등에 불이 떨어진 느낌입니다만, 사실 제 각본 및 카메이 감독님의 그림 콘티는 순조롭게 진행되고 있습니다. 현재 시리즈 후반의 각본을 쓰고 있는 제가 감독의 초반 콘셉트를 보니 「아아, 이 부분의 이야기는 평화롭네」 하고 중얼거리며 감개에 젖게 되더군요. 하지만 이 부분에 대해 더 이야기했다간 스포일러라고나 할까, 광고 전략에 영향을 끼칠 수 있으니 자제하겠습니다.

그럼(후기 페이지 분량상) 서둘러 관계자 여러분에게 감사 인사를 드릴까 합니다.

미사키 씨, 이번에 폭발 직전의 폭탄을 떠넘겨서 죄송합니다. 듣자 하니, 이번에 처음으로 「아직 원고 못 받았는데, 진짜로 7월에 책 낼 건가요?」 하고 문의를 하셨다고 들었습니다만, 저는 건강합니다. 그럼 빨리 글을 쓰라는 혼의 외침도 들리는군요. 아무튼 잘 부탁드립니다. 진짜로요.

하기와라 씨, 바쁘신 분에게 항상 폐를 끼쳐 죄송합니다. 메일의 말투가 변모하는 과정을 지켜보고 있으니 등골이 오싹해집니다. 그리고 예의 인터뷰는 재미있게 읽었습니다. 독자 여러분도 꼭 『편집자는 위기감을 가졌으면 한다(빠득)』라는 키워드로 인터넷에서 검색을 해보시길.

그럼, 다음 권을 통해 다시 찾아뵙겠습니다.

2016년, 여름 마루토 후미아키

■역자 후기

안녕하십니까. 근로청년 번역가 이승원입니다.

『시원찮은 그녀를 위한 육성방법』 10권을 구매해주셔서 진심으로 감사드립니다.

이번 역자 후기에서는 지금까지 나온 시원그녀 관련 코믹스에 관해 이야기를 해볼까 합니다.

……제 근황으로서 후기에 써먹을 소재는 있고(10년 키운 견공이 행방불명되었다든가, 옥상 물탱크가 터져서 집이 침수될 뻔했다든가, 새로운 라면 레시피를 발견했다든가), XX 당하는 우타하 선배를 보며 팬으로서 느낀 희열에 대해 이야기하고 싶기도 합니다(어이). 그래도 시원그녀 시리즈의 코믹스도 좋아하는지라, 이번 기회에 독자 여러분에게 소개를 해드리고 싶습니다. ……아, 물론 편집자님에게 허락은 받았습니다. AHAHA.

국내에서 가장 먼저 발간된 코믹스는 『시원찮은 그녀를 위한 육성방법 ~egoistic-lily~』입니다. 제목에 ~egoistic-lily~가 들어가 있으니 이미 눈치채셨겠지만, 에리리가 주연을 맡고 있는 코믹스 시리즈입니다. 집사 하렘 러브코미디라는 장르를 개척한 마요○키의 코믹스판 작화를 담당하셨던 니트 선생님께서 이번에도 작화를 맡으셨으며, 3권으로 완결됐습니다.

전체적인 스토리는 소설 1권 및 3권 내용이 주를 이루고 있습니다. 에리리를 위한 코믹스니까요.^^ 또한 곳곳에서 원작과 달라진 전개를 볼 수 있습니다. 원작 1권 후반부에서 기절한 주인공을 간호해주고 있는 캐릭터가 에리리라거나, 라이벌이 등장한 바람에 다시 멀어지고 만 에리리를 공략하라는 조언을 해주는 사람이 팬디스크의 표지를 장식한 미모의 유부녀라는 차이점이 있죠.

금발 트윈 테일 츤데레 히로인의 왕도를 좋아하시는 분에게 추천 드립니다.^^

두 번째로 소개해드릴 코믹스는『시원찮은 그녀를 위한 육성방법』ver.코믹스입니다. 모리키 타케시 님께서 작화를 맡아주셨죠. 원작에 맞춰 전개되고 있는 코믹스인 만큼, 본편의 내용을 충실히 따르고 있습니다만…… 잘 살펴보시면 우리의 스텔스 히로인, 카토 양을 매우 푸시해주고 있다는 점을 알 수 있습니다. 토모야의 시점에서는 보이지 않던, 메구미의 매력이 물씬 드러난다고나 할까요. 저도 이 책을 볼 때마다 메구미를 집중적으로 살펴봅니다. 그러다 보면 존재감이 없다는 소리를 듣는 메구미가 실은 존재감 덩어리이며, 보이지 않는 곳에서 서클을 위해 얼마나 헌신하는지 알 수 있다니까요.^^ 매권 표지 한구석에서 엑스트라 역할을 담당할 뿐만 아니라, 속표지에서는 단독으로 당당히 표지를 장식하죠! 그리고 여담입니다만, 표지보다 흑백 코믹스 부분의 작화가 훨씬 뛰어나다고 생각합니다. 관심이 있으신 분, 그리고 메구미를 좋아하는 분께서는 표지 구석에 조그맣게 실린 메구미만 보지 마시고, 속표지의 메이드, 마법 소녀, 블루머 체육복, 수녀, 세일러 교복, 무녀, 비키니아머 메구미도 즐겨주시길!

세 번째로 소개해드릴 코믹스는『시원찮은 그녀를 위한 육성방법 사랑에 빠진 메트로놈』입니다. 제목으로 알 수 있듯 우타하 선배가 메인인 작품이죠. 이 작품은 무샤 사부 님이 작화를 맡아주셨으며, 아쉽게도 아직 국내에 정식 발간이 되지 않았습니다. 원작의 토모야는 메구미와의 운명적인 만남을 통해 소비형 오타쿠에서 생산형 오타쿠로 진화한 그가 최강의 미소녀 게임을 만든다는 꿈을 품게 됩니다. 하지만 이 작품에서는 메구미와 만나지도, 서클을 만들지도, 미소녀 게임을 만들지도 않습니다. 이번 권에 나온 게임 속 우타하 선배 루트처럼, 그녀의 담당 편집 아르바이트를 하게 된 토모야가 그녀와 함께 신작 라이트노벨을 만들어나가는 내용이죠. 우타하 선배가 주연인 만큼 그녀의 매력이 작품 곳곳에서 물씬 드러나며, 또한 매력적인 주변 인물도 줄지어 등장합니다. 그중에는 GS 2권의 표지를 장식했고, 소설 안에서 이즈미와 차원을 뛰어넘은 만남을 가졌던 모 미소녀 일러스트레이터도 나오죠.

자기가 만든 게임 서클이라는 하렘 안에서 미소녀들에게 이리저리 치이는 주인공이 아니라, 한 히로인을 위해 최선을 다해 헌신하는 주인공을 볼 수 있습니다. 아, 우타하 선배는 어떠하냐고요? ……그저 진리 그 자체입니다!(우오오!)

이외에도 Girls Side가 모리키 타케시 님의 작화를 통해 월간지에서 연재되고 있습니다만, 단행본이 나오지 않은지라 아직 못 봤습니다. 언젠가 단행본을 접하면 역자 후기에서 꼭 소개하겠습니다!

그럼 이만 줄이겠습니다.

L노벨 편집부 여러분, 언제나 재미있는 작품을 맡겨주셔서 감사합니다. 앞으로도 잘 부탁드립니다.

리얼충 인생 15년 만에 다시 콘솔 게임 덕후로 돌아온 악우여. 나야 너와 같이 게임해서 좋다만…… 요즘 너무 달리는 거 아냐? 최신 콘솔 게임기를 사서 고용량 SSD를 넣은 걸로 모자라, VR머신까지 장만했잖아! ……뭐? 리얼충 시절에 쓰던 데이트 비용보다 싸게 먹힌다고? ……가, 같이 게임이나 하자!

마지막으로 언제나 제게 버팀목이 되어주시는 어머니와 『시원찮은 그녀를 위한 육성방법』을 읽어주신 모든 분들에게 진심으로 감사드립니다.

드디어 최종 보스, 아니, 메인 히로인의 시나리오의 집필이 시작되는 다음 권 역자 후기 코너에서 다시 뵙겠습니다!

2017년 2월 말

역자 이승원 올림

시원찮은 그녀를 위한 육성방법 10

1판 1쇄 발행 2017년 4월 10일
1판 4쇄 발행 2017년 12월 22일

지은이_ Fumiaki Maruto
일러스트_ Kurehito Misaki
옮긴이_ 이승원

발행인_ 신현호
편집국장_ 김은주
편집진행_ 최은진 · 김기준 · 김승신 · 원현선 · 김솔함 · 권세라
편집디자인_ 양우연
국제업무_ 정아라 · 고금비
관리 · 영업_ 김민원 · 이주형 · 조인희

펴낸곳_ (주)디앤씨미디어
등록_ 2002년 4월 25일 제20-260호
주소_ 서울시 구로구 디지털로 26길 111 JnK디지털타워 503호
전화_ 02-333-2513(대표)
팩시밀리_ 02-333-2514
이메일_ lnovelpiya@naver.com
L노벨 공식 카페_ http://cafe.naver.com/lnovel11

Saenai heroine no sodate-kata. Vol.10

ISBN 979-11-278-4085-3 04830
ISBN 978-89-267-9771-6 (세트)

값 6,800원